快乐作泉 高立

漫画作者：徐铁军

藏家

遇见

高远

婉转

天路

山巅

岁月

背影

脚踩 云天

JIAO CAI YUN TIAN

散文集

高立

水低成海，让灵魂跟上自己的脚步，大海终究会腾升到云天。

清醒，不要到了屠宰场还以为到了KTV；

宽容，路径狭窄处，留一步让人走；

自重，当不了人杰，又不甘沦为人渣，那就把自己的奢望低到尘埃里去；

刚直，不管什么王，尊严不让，正义不让，称王，就任其去亡。

中国出版集团

现代出版社

图书在版编目（CIP）数据

脚踩云天/高立著. --北京：现代出版社，2016.3
ISBN 978-7-5143-4751-7

Ⅰ．①脚…　Ⅱ．①高…　Ⅲ．①散文集－中国－当代
Ⅳ．①I267

中国版本图书馆CIP数据核字（2016）第046304号

脚踩云天

作　　者	高　立	
责任编辑	李　鹏　陈世忠	
出版发行	现代出版社	
地　　址	北京市安定门外安华里504号	
邮政编码	100011	
电　　话	010-64267325　010-64245264（兼传真）	
网　　址	www.1980xd.com	
电子邮箱	xiandai@vip.sina.com	
印　　刷	北京一鑫印务有限责任公司	
开　　本	787×1092　1/16	
印　　张	14	
版　　次	2016年3月第1版　2022年7月第2次印刷	
书　　号	ISBN 978-7-5143-4751-7	
定　　价	49.80元	

在时空的院子里散步

——高立散文集《脚踩云天》序

◎ 李发模

我和高立认识只有七八年的时间，从我们这个年纪看，算是结识比较晚的，但高立和我结缘却在37年前。

1979年2月，我的长篇叙事诗《呼声》在《诗刊》发表，高立在装甲兵部队读到了这首诗，他和许多人一样被这首诗感染，还和陕西老兵一起从图书馆把这期《诗刊》"窃"为已有，从此，他记住了我。那年我30岁，他21岁。高立离开部队后，他在湖南，我在贵州，但《呼声》的回响一直萦绕在他的脑海。2008年3月"中国诗歌诗乡高峰论坛"在我的家乡举行，我和高立终于见面了。这一年，我59岁，高立50岁。人生，说长也不长，说短也不短，一眨眼，仅仅见个面就花了几十年。不过彼此有缘，时空总会腾出见面的庭院。

前不久，高立告诉我，出版社将出版他的散文集《脚踩云天》，收录了他近些年创作的作品，要我给这本书写几句话。面对他的热情和友情，我当仁不让。

高立起先是写诗歌的，可能是随着年岁的增长，经历日晒夜露的颠簸，尝到了很多人间的酸甜苦辣，对生活对社会对情分的感悟有了很多升华。于是，散文成了他更好的表白方式，诗歌的底蕴又让他的文字和意境插上了翅膀。

读高立的文章，我似乎看到好多重风景。他走过许多地方，看到过很多景色，游历山水在他文字里不是日记，而是山水之外生发的大彻大悟；人在红尘，穿梭江湖，仁义是正人君子的旗帜。在高立的字里行间，能看到他追求大仁大义的脚步；情爱伴随人的一生，有的人比较深沉，有的人或许奔放，爱江山犹如爱美人一样需要真诚，美人也是江山，善待亲友，博济天下，大情大爱写满他的文学天空。

沅水是一条从我的家乡流到高立家乡的河流，全长1033公里，是长江的第三大支流，高立的《万古沅水》就是为这条河流写下的序言。他不是简单抒写河的流淌，歌唱水的波浪，而是把沅水当作一部历史教科书解读，当作一部人与自然相处的图景解说。站在红尘岸边，望着滚滚江流，高立看到的似乎是水又不是水。当一些人在寻找沅水的地理源头和终点时，他的文字却从人文的角度，禅悟出了沅水另外的答案："河流的沿途都是她的起点，江湖海洋都是她的终点。每一座山脉是她的起点，每一片云彩是她的终点。"沅水来到地球时，人类还没有出现，人类消亡了，沅水必定还在。"我们也是沅水的附生物，就像水里的水生物一样，她把我们带来，也会把我们带走。"这是一种大彻大悟的境界，敬畏自然就是热爱生命，功名利禄不过是尘世的昙花一现，荣华富贵不过是一时的养尊处优，一切的一切不过是过眼云烟，"一声叹息，一朵浪花，一圈涟漪……"在这本书里，高立多篇文章都与水有关，都写得风生水起。如《水的自白》、《回望水绕的县城》、《让心情去旅行》等。水是生命的源泉，是人类的母亲，他对水的关注，实际上是对母爱的崇敬，对大自然的感恩。

　　教师的天职是教书育人，医生的天职是治病救人，作家的职责是什么？人们一直认为作家是精神食粮的生产者，没有他们，灵魂会死去。我以为作家应该作为灵魂的导师，引导人们追求正义，走向光明。高立是个有正义感的作家，从他对历史故事的品读，游历古迹的感悟中就可以触及。他在《西安游荡记》里，把"西"说得透彻，把"华清池"的温泉和民心冷暖设问，人民的罪人"他在这里再怎么洗、怎么脱，好像也洗不掉他一生的罪恶，逃不脱他灭亡的命运！"古往今来，多少人都是写华清池的华贵、温润、香艳，但高立却不把那里看作温柔梦乡，而是给用温泉泡着的荣华富贵以国破家亡，身败名裂的警钟。他不给权贵浇温水，他泼的是冷水。

　　一条铁路修进西藏，从此山不再高，路不再漫长，不少人欣喜若狂，歌颂火车拉动了旅游，带去了人流，像印钞机一样飘来了钞票。高立不这么看，他在《火车啊，你慢些走……》里担心，"人类屋脊再也不是雪山蓝天，而像虾子一样，脑壳上顶的是一坨屎！"他希望和呼吁这是一趟保护生态环境的"文明列车"，而不是"死亡列车"。一个没有正义感和忧患意识的人，不会有这个爱心也不会写出这样的纠结，当很多人在高唱赞歌的时候，他在冷静地思索。

排队本来是件文明的事，但那年上海世博会排队把高立排出了火花。"在世博园，你可以把一生的队排完……只有进110不排队，进120排不排队还不一定。"于是，他的思维出列，也没那么循规蹈矩了。他在《排队，不能排得没有尊严》道出了千万人的诘问。一个缺乏人性和物质关怀的"文明"，是对民众尊严的蔑视。以"文明"折腾人，让大众被文明，他无法改变，但他喊出了自己的声音，让大众醒悟，我们不是盲流。

心中有爱，就能写出大爱。在高立的亲情散文里写父母的笔墨凝重，每种爱都来自心底，每个故事每个情节都源自生活的感动，许多篇章读来心头隐痛，催人泪下。《我的心再也没有雨伞遮挡》、《妈妈走了，我的天就塌了……》等写得声情并茂，柔肠寸断。由此生发，在他的笔下出现了很多写战友、知青、文人，花鸟动物，山水风物的美文，大都写得情深意切，爱及人间山川。

哲学的最高境界是诗，诗的最高境界是哲学。高立的散文有一种很强的粘合力，能看到其他文体的亮点在他散文里延伸。在很多章节都读到他用慧眼、睿智、文字，对人生、命运、存在的诗意穿透。他对人性神秘的翻晒，对自然法则的演绎、对人生轨迹的破题，让读者在心灵上得到洗礼和腾飞。

人生的高度因人而异，每个人的智慧之门开启的方向也大相径庭，有的朝天，有的朝地，有的大敞四开，有的只留一线，人们有时候难免坐井观天。高立是一个努力爬出井底，渴望站在精神屋脊的作家，他把远处的风景，近处的灵魂拉近放远，把红尘真相告诉世人，将真善美、假恶丑晾晒在时空的院子里，帮助人们打开多彩的智慧之门。他的视角独特犀利，意境精妙，充满禅悟，值得击掌点赞。

作为兄长，我愿和高立继续在时空的院子里散步。

是为序。

2016年1月18日于贵州遵义

（李发模，贵州省作家协会副主席、著名诗人）

目录
C O N T E N T S

飞向火星的宣言

我是地球上第一批准备飞往火星的挑战者，我叫高立。

我来自中国，追求自由、崇尚科学、挑战极限是我的执着。我当过军人和商人，当过工人和农民，参与过户外探险，如今是新闻记者。我具有人类健康的智慧和体魄。

去火星进行科学探索，是我的梦想，我愿为人类空间技术的延伸奋不顾身，永不回头。

人类用智慧开启科学，我用幽默装点生活。

地球是人类的摇篮，我是走出摇篮的地球人。

健康、机智、勇敢鼓舞我飞向火星！

附：愿做人类空间探索的小白鼠

我市首位"火星一号"志愿者通过申请，是目前我国最年长的报名者

常德晚报讯（记者唐志勇、实习生李彦）5月12日，常德日报传媒集团记者高立收到一份电子邮件，告知他已经通过了"火星一号"的申请，将进入接下来的三轮筛选环节。高立成为我市首位通过申请的志愿者，也是我国目前审核通过的志愿者中年龄最大的一位。

今年4月，现年53岁的高立了解到"火星一号"计划面向全人类招募志愿者的相关新闻，心中便有了报名的想法。根据报名流程，高立需要准备一份英文简历，制作一段六七十秒的视频介绍以及回答申请网站上要求的相关问题。录制视频和回答问题可以自己动手，可准备英文简历，高立只得求助于在大学英文系学习的女儿了。孩子得知这件事情后，感觉十分惊讶。"家人们首先有点不理解，一是因为这去火星是一去不返的，二是担心我受骗，后来在我的说服和解释之下，他们也表示支持我的决定。"5月1日，高立向招募方投递简历，按照组织方的要求，中国人报名时需要缴纳11美元的费用。

"我参加招募，并不是想要出风头，到我这个年纪，很多事情都已经历过了。一直以来，我对哲学和天文学都很感兴趣，尤其是天文学，如果能有幸选上，也算为人类的空间技术发展做出

了贡献，是一件有意义的事。"昨日，在接受记者采访时，高立如是说。当过知青、战士、工人、干部、记者，出版过诗集、散文集，丰富的人生阅历造就了高立平和的人生态度和勇于担当的人生价值观。"尽管被选上的希望很渺茫，但愿意为此全力以赴。人从出生那天起，就只能往前走，我能够坦然面对死亡。发明飞机、登陆月球不都有人做出过牺牲吗？总有人走出第一步，作为一名敢为人先的常德人，我希望用自己的行为去感染和激励大家——在明知需要献身的情况下，还是有人能为人类的空间探索，站出来去迎接挑战。"打开高立报名"火星一号"计划的网页，记者经查询得知，高立是我国目前报名且通过初审中年龄最大的，在他的应征宣言中，记者看到这样一句话——地球是人类的摇篮，我是走出摇篮的地球人。

据悉，"火星一号"计划将于9月份开始第一轮筛选，筛选结果仍将通过电子邮件的形式通知志愿者，后续的筛选将不再收取其他的费用，其过程将向全球直播。

相关链接

"火星一号"计划

"火星一号"是设在荷兰的一个非营利组织，其计划是从全球网络报名的志愿者中海选出候选人，接受约七年的训练，最后，于2023年将其中的两男两女四名地球人送往火星，在火星建立永久性人类定居点，且不再返回地球。据介绍，"火星一号"将一步步实现相关计划：2016年进行试验发射，2018年发射火星探测器，2020年第一批物资送达火星，2021年在火星的设备开始制造供宇航员使用的水和氧气，2023年第一批宇航员到达火星即可开始在火星上种植粮食、获取食物。按照计划，在第一批居民抵达火星后，每两年还将有更多宇航员被送往火星。目前，中国已有一万多人报名该计划，中美是全球报名人数最多的两个国家。

原载2013年5月17日《常德晚报》

万古沅水

　　沅水，一条连着大山、大湖、大江、大海的河流。她从云贵高原取天上之水，在武陵山脉和雪峰山脉汇聚千军万马，日奔夜袭，浪击1033公里峡谷险滩，直奔洞庭湖，与湘江、资江、澧水会师，然后打马长江，一泻千里，浩浩荡荡流向东海。

　　长江是地球上的第三大河流，她的年纪1.4亿岁。如果把长江的数千条支流比作是她的孩子，那么，沅水就是长江的第三个孩子。长江在世界河流上的季军地位，也决定了沅水在中国江湖上的影响。

　　大家都知道沅水从哪里来，到哪里去，可我们很少问，从第一滴水到现在，沅水流淌了多少年？沅水的年龄有多大？大家都称她沅水，为什么会叫沅水？这个名字沿用了多少年？

　　地质学家告诉我们，距今约6500万年的晚期燕山运动造就了沅水。那时的神州大地一通翻江倒海，山崩地裂，洞庭湖区在中生代的燕山运动中形成大小不一的盆地。此时，湘资沅澧四水形成，流注洞庭湖。也就是说沅水流到今天，至少已经日夜奔腾了6500万个春夏秋冬。千千万万个岁月，她从来没有停止过脚步，没有回头过，就那么一往无前，和时光翻山越岭、与风雨雷电厮杀，送两岸生灵悲欢离合……

追溯人类历史，中国是人类发源地之一，我国境内已知的最早人类，是云南的元谋人，距今170万年。沅水诞生在这个星球上，比我们人类来到地球的资格要早6330万年。也就是说，当沅水独自流淌了6330万年之后，我们的祖先才姗姗来迟。和沅水比，我们的出现还只是昙花一现。

6500万年前的河床装着今天的沅水，6500万年前的沅水早已飞逝天外，眼前踏浪而来的波涛却是连着6500万年前的沅水！穿越时空，天地改变了颜色，人类改变了模样，唯独沅水仍然保持向前流淌的姿势，那样温柔和顽强，那样雄壮和清丽。她来得好远，她连接得好长，她是一部每分每秒不停书写的，连着沅水卷首的万古长河。

沅水是一条神秘的河流。围绕沅水，诞生了许许多多民间传说和诡谲古老的巫蛊文化以及古朴独特的民风民俗。行走在沅水两岸，那些远古的故事和传说会像浪花一样涌来……盘古、善卷、屈原、李白、沈从文都在这条河流上，留下过生命的旋涡。

是谁给沅水取了这么个美丽的名字？这个疑问似乎已无从考证。但"沅水"二字的意思，笔者在一些文史资料中找到了答案。原来沅水和"远水"谐音，沅水有"远水"之意，意思是这一片平静谐和的水域，来自较远的高原之地。

"沅"字在字典里专指沅水，再没有别的解释，"沅"字就是专门为沅水量身打造的，唯沅水独自享用。"沅"字最早的记载，是安徽寿县发现的"鄂君启节"4块错金铭文的青铜符节，是楚怀王发给他弟弟鄂君启的通关运输免税凭证，距今2300多年。

为什么叫沅水，又叫沅江？原来古代"河"指的只是黄河，"江"指的只是长江，其他的就叫"水"，像汉水、渭水、洛水等等。沅水从高原蹦极而下，有1035米的落差，她的年平均流量比黄河还大。沅水还是洞庭湖水系中水量最大、水能资源蕴藏量最丰富的河流。可想而知，沅水汹涌的时候，澎湃滔天，人们可能习惯叫她"沅江"，才能展示她的博大。当雨季过后，沅水温柔宁静，碧如绸缎，人们也许喜欢叫她"沅水"，才更显得亲切。

沅水发源于贵州省都匀市的云雾山和麻江县的平越山，她蜿蜒逶迤到常德后，还有一个特别好听的雅称，名叫"朗水"。《武陵县志》记："沅水经青泥湾与马面溪合，折东十里，经县治南，为朗水。"每当春夏水涨，江中一道清流，上起青泥湾，下到德山，宛如一匹白练，晶莹朗澈，这就是常德这一段沅江称为朗水的确切原因。因此，隋、唐时改武陵郡为朗州，后又称武陵城为朗江，而在德山所建书院也称"朗江书院"的缘由。

自有沅水以来，沅水养育了多少子民，送走了多少生灵？这个数字要是算起来，恐怕已经超过了现在全球人口的总和。她流走了多少水，加起来的重量是多少？也只怕要超过地球重量的许多倍，达到了天文数量……

万古时光，一滴，一滴，穿越沅水而来，沅水在她的河底默默沉淀着天地人间的兴衰起落。1033公里坎坷，她一路歌声飞扬，6500万年没有歇息！她一路歌声嘹亮，让9万平方公里之内的人都能听到，千秋万代不停传唱！

沅水的源头和终点到底在哪里？从地理意义上说，有比较明确的方位，从天文意义上说，没有具体的起点和终点，河流的沿途都是她的起点，江湖海洋都是她的终点。每一座山脉是她的起点，每一片云彩是她的终点。从人生的角度看，沅江的起点在我们的出生地，终点在我们生命的尽头。

数万年后，沅水两岸的人类，也许退出了在地球上称王称霸的地位，拦腰斩断沅水的大坝，最终会被沅水和时光荡涤。但我们相信，人类不在了，沅水依然在。她看着人类诞生，看着人类消亡。从某种意义上说，我们也是沅水的附生物，就像水里的水生物一样，她把我们带来，也会把我们带走。无论英雄还是狗熊，在她的时间长河里都是一声叹息，一朵浪花，一圈涟漪……

万古沅水，万古娘亲！

2012年10月22日于沅水夷望溪

水 的 自 白

君不见黄河之水天上来，奔流到海不复回。

君不见高堂明镜悲白发，朝如青丝暮成雪。

　　我无处不在，天上地下都有我的身影。天上的云雾雨雪，地下的河海冰川是我不同环境下出现的模样，离开了我，地球可能还是一片死寂。我的历史，就是地球的演化史，人类的进化史。我是人的血肉，是万物的灵魂，我每时每刻，都在大地的一切生命里行走。

　　我是生命之神，人类的生活包括文化历史都与我有不解之缘。人们可以不吃大米、可以不穿衣衫、可以不坐车行船，但不可以没有我的存在。我不仅仅养育人的肉身，我还养育人的思想，支配人类的精神。人是从我的身体里走出来的，我是看着人类一点点长大，慢慢站起来，渐渐变得聪明的。我在尼罗河孕育了灿烂的古埃及文明；我在幼发拉底河的消长荣枯，影响了巴比伦王国的盛衰兴亡；我在地中海沿岸营造的自然环境，编织了古希腊文化的摇篮；我在中国的黄河与长江，滋润了那里深厚的中原文化和多姿的楚文化。

在古老的中国，当然，和我比中国还嫩了点。不少智者把我从物质的层面升华到了一种精神的境界。对我评价最高的好像是老子那小子，他说"上善若水，水善利万物而不争"。意思是说，最高境界的善行就像我的品性一样，滋润万物而不争名利。其实，名利对我什么用也没有，世上的一切包括名利皆出自我。不过，小老这样评价我，还算他有点智慧和孝心。

还有中国人敬重的孔子，这小子对我很有感情，他说：我有五德，因常流不息，能惠及一切生物，我有德；流必向下，不逆成形，或方或长，必循理，我有义；浩大无尽，我有道；流几百丈深渊而不怕，好像有勇；安放没有高低不平，我守法；量见多少，不用削刮，我正直；无孔不入，好像明察；发源必自西，我有志；取出取入，万物就此洗涤洁净，我有变。我的德行遍及天下，所以，君子遇见我，都是驻足景仰。

还有个无名小卒高立也对我赞不绝口，他说我——

勇往直前，绝不退缩。无论前面一坦平阳还是万丈悬崖，我都会义无反顾，一往无前；无论前进路上有多少蜿蜒曲折、有多少顽石阻挡，我都会冲锋陷阵。在我的字典里，没有畏惧和退缩。

心胸宽广，容纳万水。天上的水，地下的水；无论来自哪个方向，来自哪座山头，只要投奔到我的怀抱，我都欣然接纳。温柔的泉水，狂傲的洪水，无论清白还是浑浊，我都会把它们当作前进路上的伴侣，我之所以一路欢歌，奔腾不息，就是因为我有很多形形色色的朋友，给了我各种各样的快乐和力量。

　　与时俱进，舒心流淌。我的歌声没有停止在昨天，我的欢畅没有寄托在明天，我只是每天和日月一起行走，和时光一起流行，所以，我永远年轻和时尚。我既然不能倒流，我不留念昨天，我既然不能飞越，我不奢望明天。岁月乘着我的波浪流走，我非常懂得珍惜今天。让今天在欢乐中奔流，这就是我每天流行的哲学。

　　不过，我和人有点不同，人往高处走，我往低处流。我虽然走的是下坡路，但我从来不走回头路。君不见，下坡路我也走出了高度。不管九曲回肠还是悬崖深谷，无论遇到多少曲折险阻，我总会奔向大海，最终在阳光的照耀下，升腾到很高很高的天空。人就不同了，弄不好爬得越高跌得越惨。其实，不管走什么路，只要问心无愧，没有伤天害理，看准了，认定了就只管走下去。站在高处不一定就很高明，低处一样可以见到阳光，一样也可以升华。

　　我宽容，不等于我没有脾气；

　　我柔情，不等于我放弃刚毅；

　　我沉默，不等于我不会咆哮。

　　天地良心，从善作恶，我都心知肚明。特别是人类中的某些角色，不要以为我无知觉，没思想，不说话就对我不敬不孝。民心即我心，我能载舟亦能覆舟。以舟载恶，以恶行道，我必让其葬身鱼腹，粉身碎骨。

　　待我，且爱，且珍惜。

原载2016年1月2日《常德日报》

凤凰时光

早就听说凤凰，那里是最美和最匪的地方。

早就想去凤凰，那里有很多人们想寻找的神秘和时光。

车奔驰在常吉高速，现代化的极速和群山老屋的静止，显示一种最极致和最原始的完美组合，在这样的时空隧道里驰骋，让在城市里压抑久了的人有一种突围的感觉，像是冲出了监狱的囚禁，像是摆脱了钢筋水泥的纠缠。沿线宽敞平坦的大道，一望无际的自由连接天边；放飞的心情在大山里穿越，在无人区穿越，在绿色和白云间穿越。

凤凰古城到了。古城美在哪里？美在沱江带着一尘不染的碧水从小城穿过；美在沱江两边的吊脚楼临水而建，你坐在临江的窗边可以慢慢饮酒、聊天、看江水和时光缓缓从你眼前流过；美在小城里的酒楼、商铺鳞次栉比，你可以吃到苗家很新鲜的山珍，你可以喝到土家很地道的包谷酒；美在山里人的背上都有一个背篓，那种负重前行的背影，会有一种心酸和坚韧让你感慨万千。

在凤凰，远望是青山，头顶是白云，近看是江水，水里倒映的也是青山和白云。而在你触手可及处，满是斑驳的城墙和年代久远的发黑的木板屋。地上的石板路，凸凹不平，那是从古至今山里人用脚丈量生活的烙印。走在被沧桑磨砺的石板上，你会想象这种沧桑不知送走了多少疲惫的双脚，雕刻了多少苦难的岁月，承载了多少山民的重负。

凤凰的奇丽遍地都是。乌龙山以其自然的险峻扬美名，也因千年的匪患扬恶名。一路进山、进寨、坐船，重走土匪路，深入到湘西的崇山峻岭，感受历史和自然在这里尘封的景色别有一番情趣。

乌龙山是当年土匪的乐园，这里不仅偏僻，也十分诡秘。有土匪出没，就有豺狼虎豹横行。过去苗家人谈匪色变，而今，你坦然走进这片神秘的深山，不禁会有一种改天换地，江山在握的自豪。

进山的一条水泥路特别窄，会车都十分困难，还有一段碎石"动感地带"，中巴车除了颠簸，就是擦着路边的树或是村寨的屋檐，那个急转弯简直会把方向盘扭断，满车人除了惊叹就是惊叫。沿途茂盛的野草和树木，偶尔遮不住破旧的山寨，那残破的土墙、青石，还有矮屋上淡淡的轻烟标示这里的荒凉和贫穷。

土匪已经成为过去，土匪窝里仍留有银子，乌龙山景区开发的就是土匪经济。

每到歇脚处，就有山里人叫卖土匪烟、土匪酒、土匪鸡，这些食物都是有来历有故事的，是地道的山里味。景点也有山寨匪门、云中匪道、悬崖匪哨，每一处景点都能讲出一串土匪当年的神出鬼没和穷凶极恶。到了苗寨，你还能看到当年解放军的剿匪司令部和关押土匪的小黑屋；还能看到长命百岁的老汉和唯一健在的压寨夫人。当然，你如果有兴趣，还可以花点小钱，穿上土匪服装拍几张照片，狠狠地过把土匪瘾。

来到悬崖匪哨，两边绝壁对立，中间峡谷相隔，出口的山那边，就是一脚踏四地的湖南、贵州、四川、重庆交界处。一个真空地带，成就匪徒们的天堂。当地人说，这里是土匪最得意的山头，是他们称王称霸的地盘，谁也奈何不了他们。土匪当年就是在这里"脚踏几只船"和剿匪军捉迷藏，但他们最终还是在这里被歼灭，从天堂走进了地狱。

山寨与山外的繁华垂直距离不到400公里，但生活状态却相差了十万八千里。

喝过苗家人的拦门酒，对完苗歌，游人们走进了山寨。这时，有一位最老的阿婆和一群最小的女孩在那里叫卖。他们的叫卖是那么轻柔，好像亏欠了游客什么。他们没有市井商贩的奸诈和纠缠，只是默默地向你兜售手中的山花、红薯、花生，要价也就是一元钱。

我不知道这是不是生活苦难的逼迫，那位80多岁的苗家阿婆，佝偻着腰，怀抱着鲜花向游人叫卖，所有的游客都是阿婆的儿孙辈，所有人的心灵都为之震撼！那一刻，我感觉自己是个不孝子孙！劳动，让阿婆一辈子像花一样鲜艳；贫穷，也让阿婆一生没有伸直劳累的腰背。那一刻，我真想抱着阿婆痛哭一场，我真想诘问青天白日，如此年迈，为什么还要为生计叫卖？如此勤劳，为什么换不来温饱？如此诚实，为什么换不来安乐？

还有那一群用鲜草编织蚱蜢的小女孩，她们天真地望着你，请你买下她亲手编织的小精灵。我没忍心去买，我怕等会扔掉了对不住那一份童心，我给了小女孩一元钱，她像一只蝴蝶一样高兴地飞走了。然而，我的心却仿佛黄蜂蜇了一下，我怎么也高兴不起来。我甚至有点后悔，为什么不把身上多余的钱都给这些卖蚱蜢的小女孩，我甚至摸着钱就感到自己很卑微。

出得山寨，行程不远就是湖边。十几里水路，船在水的峡谷长廊里穿行，看着湖光山影从我身后隐退，时光从荡漾的水面点点滴滴滑过，我忽然想，人啊，财富啊，地位啊，就像这水，山也留不住，湖也留不住，江也留不住，最终都要流出山外，走向大海，飞向蓝天……

凤凰时光，一山一水，一草一木，一村一寨都如生命飞歌。

2010年9月于湘西凤凰

让心情去旅行

——南国海棠湾游记

第1天　邀时间去寻欢

下午一点半，从常德乘高速往长沙去海南，一路有枪箭在背后追击的感觉。过完生日，进入新的年轮，好像后面有人鞭笞我追赶光阴，逼迫我倒数剩下的里程。

向新的年轮出发，让心情去旅行，往前看是美丽的向往，往后看是积极的逃离。

我要去旅行，是想疗养为生活摸爬滚打的心情，让心去自然放飞，我想从忙碌的人群中当一个清醒者。有能力用时间赚取名利和金钱当然很好，可我也以为，用时间去换取健康和快乐，赚取的是财富中的财富。

人活着就是和时间赛跑，就是和健康拔河。但人永远跑不赢时间，永远拔不过健康。再多的金钱买不到快乐的时光，再多的荣耀买不到健康的微笑。

和时间一起快乐，和健康一起同行，无论你走到哪一个里程碑，你永远是人生的富翁，你永远是成功的旅行者。

第2天　海南艳遇

清晨起床去赶火车，到站告知火车晚点20分钟。看来向往和逃离也需要等待。等待就有回忆的时间和空间。有些等待是无果的，有些等待是丰硕的。我的等待是有结果的，我充满了对海南之旅的美好期待。

新式空调的火车卧铺车厢，环境舒适，火车载着我飞速往前，我的思绪也在飞翔……

都说海南是个好地方。其实，二十几年前的这个地方就不一定好，它偏远、闭塞，更多的是原始落后。它只是军事上的一个海防重地。

1976年我下放在知青点，附近有个穷得叮当响的光棍汉，叫汪黑巴，他曾被选派去海南制过稻种。这在当时人们看来是个苦差事，一去大半年，天远地远，海风吹，太阳晒，条件艰苦，听说人回来还要晒得像个非洲人。汪黑巴无牵无挂，一身蛮劲又常年四处游荡，于是上面就派他去了。

半年后，汪黑巴回来了，人的确晒得像煤炭，但给人惊奇的是他居然从海南带了个女人回来！当时有规定，制种的人不准在海南找对象。可那个女人硬是要死要活跟着他跑了回来。后来人们还笑他，把海南的田搬回了湖南来制种。可见，海南当时贫穷得留不住人到了何种地步。海南人向往大陆，以逃避那个孤岛为美好追求。

我这是第三次来海南了。

第一次是1987年9月间，海南正要撤区建省，成为全国最大特区的时候。当时10万人才下海南，我是其中之一。有个统计分类，这10万人中有1人是组织部门的，那个人就是我。

那年我二十多岁，在一个县的组织部工作，得知海南要建省的消息，感到机会来了，就想跳出来闯一闯。一番自我推介的材料准备后，就邀了和我在一起工作的一个同事准备前往。哪知启程之时，同事临阵退缩了，他不敢去了。算他还够意思，答应送我上车，替我保密不给单位的人讲。

挤上南下的火车，他站在原地，火车带着我的梦想和他拉开了距离。

几番车船劳顿，又是汽车又是火车又是海轮，我终于踏上了海南岛，来到了海口。

首先看到的是这个城市的破旧。满街是戴着斗笠的海南女人开着敞篷三轮车，厕所也不分男女，关门为定。到处都有内地来的求职者，每到一个部门去报名，都要排起长队。

我在海口投了几份简历后，遇到了一个老乡，他又带我到定安县去自荐。那晚住在定安县车站招待所，服务员是几个十几岁的漂亮妹子，见我们是内地来的特别热情。她们问："你们内地那么好，跑到我们这个穷岛上来干什么啊？"我说："你们这里要开发了，你们要发财了。"她们根本就不信，还说，她们就是想千方百计嫁到内地去，还言辞恳切地对我们说，希望我们能带她们去内地。一时令我好不愕然。

眼见海南当时的贫穷落后和人才的无序涌动，这个让我充满了梦想的地方，让我放弃了拼搏的欲望，我无功而返。

回到单位没多久，我就收到了其中一个海南少女的来信。她给我写了一封天真烂漫的书信，还寄上了她的玉照。信上说，希望我把她当朋友，还说要来看我。面对飞来的艳遇，立刻，我就想到了当年跟汪黑巴跑来的那个海南女人，吓得我连忙将信件和照片付之一炬，生怕惹出事端。

只是短短几年之后，海南就成了热土旺地。海南女再也不会往外飞了，倒是内地女子如海浪般向这里涌来。

第二次来海南，我是和一个电视专题摄制组来的。因为是我编导，内容又与海南相关，我就把对海南的怀念写进了剧本。至于要花多少成本那不是我管的事，那时去天涯海角不要门票，亚龙湾也没有开发。不像这次来，除了空气不要钱，可能什么都要钱开路了。

第3天　躺在床上心像大海一样宽敞

海棠湾世知度假酒店离三亚市30公里，它的附近有个地方叫藤桥，容易让人想起徐志摩的诗歌《再别康桥》，很有点情调。这里海阔天空，椰树阵阵，到处花香果熟。来这里度假休养的以北方人居多，有的一住就是两三个月。

我住在海景房，早上太阳可以晒到床上，睁开眼就能看见扑向海岸的波涛。晚上能听见海洋呼吸，躺在床上心像大海一样宽敞。

推开房门，赤脚行走。凭海临风，悠然自得。

如果心情像沙滩上的脚印乱七八糟，就让海浪来抚慰吧；如果烦恼像落叶一样老气横秋，就让海风来吹走吧。

看云，无边无际不知飘到哪里去；

看海，前浪后浪谁也留不下什么痕迹；

看人，百年之后，有谁还能站在这里？

今天的天和眼前的云，今天的海和眼前的浪，今天的景和眼前的人，莫不是我笑傲红尘，潇洒行走的见证？

第4天　谁说柔不是一种坚韧？

今天乘车去了博鳌和兴隆热带植物园。

博鳌水域地处万泉河、九曲江、龙滚河三江入海口。据说，"生意兴隆通四海，财源茂盛达三江"之语由此而来。

船至三江入海口，导游要大家举起左手，朝那个方向抓几把塞进自己的口袋，说是招财进宝。于是，一船人纷纷举手，连抓带塞，那场景即虔诚又滑稽。说是一种心愿尚可理解，说有某种灵验鬼才相信。

博鳌人祖祖辈辈住在这里不见财源滚滚，外来游客擦肩而过难道就会腰缠万贯？世上的事，有些看你信几分，过度迷信就是一种愚昧。万泉河当年来过红军也来过白匪，假如抓几把就能解决问题，他们何必打来打去，拼个鱼死网破？

走进兴隆热带植物园，两种植物给我印象最深。

一种是号称世界上最毒的树，叫"见血封喉死"。导游说，这种树的汁液如果碰到人的伤口，很短的时间内人就会肌肉萎缩而死。听完，游人纷纷唯恐避之不及。有位先生站在树下连退带问："它的叶子掉在头上不会死人吧？"导游说："没关系，只要树叶不打破你的头。"看来，人惧毒也是一种本能，惧毒就是惧死。人们害怕毒、抗拒毒的行为，就是害怕死亡、抗拒死亡的行为。

今天我遇到了世界上最毒的树，我没有害怕。如果遇到世界上最毒的人我会不会退缩？最毒的人站在人面前不可怕，可怕的是站在人背后的最毒的人。

站在人面前的毒树光明磊落，是阳毒。

躲在人背后的小人阴险毒辣，是阴毒。

看到的另一种树是世界上寿命最长的树，叫"龙血树"，又叫"南山不老松"。人们常说的"寿比南山不老松"指的就是它。这树没有一点松树苍劲的样子，也不伟岸招风，就像嫩枝嫩叶的灌木。专家说，这树可活到6000—10000岁。于是，很多人像捞到了救命草一般，抓住树枝就开始和树合影，仿佛这样就能延年益寿。

见了这种树，让我想到了成语"以柔克刚"。和松树比它没有高大，和柏树比它没有坚硬，它看起来弱不禁风，不堪一击。但它却有水一样的柔性，是树中之水！水滴石穿，谁说柔不是一种坚韧呢？

有一则古老的对话让人很受启发。商容是殷商时期一位很有学问的人。商容生命垂危的时候，老子来到他的床前问候说："老师您还有什么要教诲弟子的吗？"

　　商容张开嘴让老子看，然后说："你看我的舌头还在吗？"老子大惑不解地说："当然还在。"

　　商容又问："那么我的牙齿还在吗？"老子说："全都落光了。"

　　商容目不转睛地注视着老子说："你能明白这是什么道理吗？"

　　老子沉思了一会儿说："我想这是过刚的易衰，而柔和的却能长久吧？"

　　商容点了点头，笑了笑，对他这个杰出的学生说："天下的许多道理几乎全在这其中了。"

　　如果人心平气和，与世无争，退避三舍而不迎风招展，可以说他是一种柔和，但决不能认为那是软弱。笑在最后的人是强者、胜者，笑得最久的人往往也是忍者、柔者！

第5天　天地灵气洗愚顽

　　上午九点多钟从海棠湾出发，花40元去神州第一泉——南田温泉泡了一天，还在那里吃了一顿免费的午餐。

　　换上泳装，走入浅水池，一群群土耳其亲亲鱼就围着我的腿"亲吻"起来，那滋味痒痒的，美美的，让人不得不放松心情，不得不仔细观察围着你的鱼儿。我感到鱼在和我对话，有种受青睐、受追捧的自得。这些鱼儿就像是我的"歌迷"，我的"粉丝"，我对它们有着美好的吸引力。要说帝王有多自在，此刻我就是一种演绎。

感受了鱼儿的亲近，来到露天温泉池泡澡，太阳就在我的头顶照耀，身体被涌动的温暖包围了。

温泉来自大地深处，太阳来自高高的天上，我站在阴阳的交汇处，天上地下的暖流全部荡漾在我的身上。

采阴柔之美，沐阳刚之气，也许是我来泡温泉的最大收益吧。

洗去了疲劳，洗去了愚顽，又跳进了温泉游泳池。天水一色，轻松徜徉，我仿佛变成了一条鱼儿，不知今夕是何年，是否在人间。只知道阳光在我的头顶跳起欢乐的舞，碧水在我的身上流淌欢乐的歌，椰林的轻风传递着我的欢畅……

上岸后，海南小妹为我送来刚刚采摘的椰子，一口鲜美的椰汁进喉，天地灵气仿佛钻进了我的五脏六腑，身心如展翅飞翔的雄鹰，充满了生机与活力。

第6天　在阳光沙滩海浪的"家里"玩耍

吃完早点，打起赤脚，就去海边赶海拾珠。

海棠湾的沙滩两头望不到边。渔村的渔民凌晨4点出海捕鱼，上午9点回来，我就在沙滩上跑来跑去，一会儿赶浪，一会儿拾贝，等出海的渔民回来。

渔民回来了，用小船将捕捞的鱼运上岸。一筐筐各色各样的海鱼，我一条都不认得，连螃蟹都有好多种类，听渔民说这是三角蟹、那是石头蟹，它的壳要用铁锤才砸得开……

我和几个北方来度假的朋友，花20元买了一大袋螃蟹，在当地渔村花8元钱烹调，然后，坐在渔家临海的小屋旁，喝着渔姑斟上的椰子酒，海吃海喝起来。

酒足饭饱，北方人去渔家选购海螺海贝饰品去了，咱就一个人去海边狂奔狂跑去了。

昨夜涨潮的海滩上一望无际，看不到一个脚印。海浪打上来的贝壳、海螺到处都是，像是一个个惊喜等着我去拾取。

此刻，我是个赶海人，又是个观潮者。我看到海浪冲上沙滩，带走了我留下的深深浅浅的脚印，又看见海潮一浪高过一浪，奔向同一个方向。海浪，谁也没能作长久的停留；浪花，朵朵开得绚丽而又那样匆忙。

漫步沙滩，呼吸清新的海风，沐浴精致的阳光，看海浪争前恐后，看白云漂浮不定，我好像比任何时候都豁达开朗，比拥有什么都畅快和满足。

等我回到住处，已是中午12点钟。不知不觉，我在阳光、沙滩、海浪的"家里"贪玩了一个上午。

下午美美地睡了一觉，4点钟起床后又溜到渔村的果园里闲逛。成片成林的木瓜树遮盖了半边天，木瓜像绿色的石头一串串挂在树干上。村民们很友善，送了我一大袋木瓜，还不要一分钱呢。回来的路上我还在想，我是不是到了世外桃源？

第7天　来自海底世界的对白

今天要去亚龙湾，同行的还有北京来的王教练和他的姐姐。王教练69岁，他姐姐79岁。

我们徒步从度假村出发，走了三里小路，再翻过高速公路的护坡，乘车15公里到田独，再转车到亚龙湾。

一去一来，我都有些累，可王教练和他姐姐精神抖擞，腰不弯，腿不颤。为了省钱，他们吃得苦，不怕累；为了健身，他们把走路和转车当成了乐趣，说是自助游。难怪他们七八十岁的人了，还这么矫健。他们的这种生活方式，不能用钱来衡量，钱对他们有意义又没有意义。

王教练身高1米93，体魄强健，曾是北京男排的队员，还曾当过中国女排郎平的教练。退休后他能这样平淡地生活，看来名利、地位、金钱没有成为他人生的包袱。一个没有失落感的人，他的心情是轻松的，脚步也一定是欢快的。王教练以前是个成功的排球教练，现在和他姐姐一样，更是个出色的养生教练。

亚龙湾我是第二次来了。二十年前我看到的亚龙湾有渔民拉网捕鱼，海滩附近没有钢筋水泥，一派自然宁静的景象。如今的亚龙湾人声鼎沸，高楼林立，商铺紧逼，人气、商气、尾气高过海浪，这里像会场也更像商场。

我花200元逃离海滩，乘船出海去看海底世界。在船底2米深的水下，透过玻璃窗就能看到海底的珊瑚和各种鱼类。

这是真正的海底世界，游来游去的鱼儿也是真正的自由之鱼。你看到的这条鱼可能是刚刚从远海游来的，也可能马上就要向深海游去，永远也不会回来。

看着这些自由自在游弋的鱼儿，好像在向我炫耀什么，又好像听见它们和我对白——

我们没有国家，去哪里都不用护照、身份证，也不用乘飞机、火车、汽车，更不用带钱。

我们没有职业，不存在下岗失业，去哪里都用不着请假，游玩就是我们唯一的工作。

我们从不穿金戴银，涂脂抹粉。没有绯闻也没有文字。也不建造王宫和高楼大厦。

我们没有王法，也不制造枪炮和核武器，也不砍伐森林，挖掘石油。没有什么强奸犯、盗窃犯、杀人犯，也没哪个同类被判过徒刑。

我们没有富翁和乞丐，没有警察和小偷，没有政客和流氓……

人，如果这些地方像我们，这个世界兴许会是另一种景象吧。

第8天　拜完观音走天涯

今天两个地方要去，这就是拜南海观音，走天涯海角。

108米高的南山海上观音，以和平、智慧、慈悲之至高，耸立于蓝天大海之间。塑像为世界造像之最，也为人心崇拜之最。

救苦救难，大慈大悲的观世音菩萨，像是踏大海的浪花升起，像是驾天边的白云下凡，像是从密密的丛林飘然而至。这里蓝色的大海、金色的阳光、银色的沙滩，是人们渴望幸福的理想家园。来到这里，似乎远离了贪婪和阴谋、远离了贫穷和苦难、远离了喧嚣和忧烦。

人要穿梭红尘，必然心烦意乱。人们为家庭、子女、事业奔忙追逐，为名利、健康、情色纠缠困扰。有的人求观音是求自我麻醉；有的人求观音是求心态平衡；有的人求观音是求灵魂纯净。不管何种祈祷，只要心诚、向善，都是一种真诚的追寻。

来南山寺庙求寿比南山，拜南海观音求一生平安。观音面前人人平等，高官财主要烧香，平民百姓要叩头。

科学越是证实没有上帝，人们越是崇拜神灵。说明了什么？只要有未知，人类就会相信神灵。与其说是一种精神寄托，不如说是人类对宇宙的顽强求索。

天涯海角进门有一块石刻，叫作"山盟海誓"。我越看这个地方越像是有情人的胜地。

两情相依，生死相随，如果能一起走到天的尽头，海的角落，这样的爱情该是多么坚贞和令人向往！

如果哪个有情人在天涯海角的"山盟海誓"前举行宣誓仪式，该是何等的打动人心！

第9天　好日子放在海湾过

太阳照亮了浪花，出海捕鱼的渔民陆续回来了。我也来到了海滩，去盘点他们捕获的喜悦。

又是花20元钱，买了好大两条鱼，邀了王教练等人，中午饭就订在渔村吃了。

午餐很丰盛，有鱼有虾有蟹，全是海鲜。餐桌摆在海边，海风吹在耳边，太阳晒在饭碗，吃着早上还在海里游，现在就成了我们盘中餐的鱼虾，真是阳光午餐，海洋盛宴。有几只蚊子飞来飞去，他们也说是绿色环保蚊子，好不惬意。

吃完午饭，他们都回住处休息，我独自留在海湾。躺在沙滩的睡椅上，海上无船，天上无云，沙滩上就我独自一人。听海浪来回拍岸，任海风轻轻吹拂，让太阳晒在身上，没有追逐和喧闹，这个世界多么和美宁静啊。

我吃在大海，睡在大海，沐浴在大海。我和大海一起呼吸，我和沙滩共享阳光。我的心像大海一样宽敞，像沙滩一样轻松，像阳光一样明媚！

接受大自然的洗礼，才觉得心灵需要疗养。走进大自然的怀抱，才觉得自己多么渺小。

第10天　赤膊走在沙滩上

上午10点左右，烈日当空。海滩不见人影，我脱掉衬衫，赤膊走在沙滩上。来回5公里，长长的沙滩，不息的浪潮，只有我的脚步在丈量我自由行走的距离。

来回走了一个多小时，太阳晒进了我的骨子里，感觉心中的太阳和天上的太阳一样明亮。

　　神奇的阳光，神奇的海洋，我只是一粒走动的沙子。面朝大海，赤膊向阳，渴望大海和阳光走进我的胸膛。

　　晚上写了一首歌词，《海棠湾度假之歌》：

　　海棠湾　海棠湾

　　一半海一半天

　　风吹浪打椰林摇

　　天水一色望无边

　　白云逐风帆

　　浪花迎笑脸

　　没有吹不走的烦

　　没有荡不平的坎

　　不老的童话不老的情

　　面朝大海一声喊

　　海棠湾　海天之间当神仙

　　海棠湾　海棠湾

　　一湾浪一湾滩

　　渔歌飞在浪尖上

　　风和日丽天地宽

　　赶海不知返

拾贝似少年

一串脚印留海滩

一片春光养心田

不老的阳光不老的海

面朝太阳一声喊

海棠湾　人间天堂似乐园

第11天　情人的天堂

中国有个海南岛，海南有个蜈支洲岛。来到海边，乘上快艇，15分钟就登上了这个绿色之岛、浪漫之岛、情人之岛。

蜈支洲岛是躲在亚龙湾美景身后静静绽放光彩的岛外之岛。与亚龙湾相比，它更宁静，也更清丽。那里有拥抱不完的蓝天、白浪、绿树和纯洁的沙滩，有人把它比作中国的马尔代夫也合情合"景"。更多的人把这里当作和情人逃离尘世的天堂，因为它有一个更为浪漫的名字："情人岛。"

蜈支洲岛很袖珍，面积只有1.48平方公里，但它的每一个角落都释放出万种风情。细腻白皙的银沙铺撒成一弯玉带状，海水由透明到碧绿到浅蓝，如幻还真。离海滩不远的林带边缘，有好多竹子和芭蕉叶搭建的情侣小屋，满溢浪漫迷情。

去过蜈支洲岛的人是这样描述的：如果有一天你想和你所爱的人一起从人群中失踪，独享清静，蜈支洲岛最合适。蓝天是屋顶，海浪是摇篮，沙滩当地毯，芭蕉当蒲扇，观海、赏月、听涛……这个岛好像是专门为情侣准备的。

幸好这里曾经是军事禁区，限制了游客的脚步，自然环境才没有受破坏，留下了中国保存最完好的一片沙滩，海水能见度达到了27米，海底满是五彩斑斓的珊瑚礁和五颜六色的珊瑚礁鱼，小岛上甚至连恐龙年代的龙血树都能看到……

岛上有座妈祖庙，建庙一百多年，几兴几毁，但门前的两棵长寿之王——龙血树，一直站在此地，守护这座碧玉宝岛。再过几千年，这株万年之树也不会死，它会继续看到这个岛上的景物变迁。如果它会记录、存照，那该留下多么沧桑和庄严的一段历史啊。

当年岛上的军事防御设施依稀可见，随着敌对的淡化，那些钢筋水泥逐渐被植被消灭，有些地方还是能看到"备战、备荒为人民"、"深挖洞、广积粮"之类的红色标语，似乎在告诉人们，这里曾经不是游人的天堂，而是军人的战场。

情人桥从岛上延伸到海上，有情人站窄窄的桥上，头顶是宁静的天，脚底是激荡的海，天涯此时，一股惜缘、相依、缠绵之情油然而生。此处原为军事瞭望哨，用途变了，它存在的意义也变了，变成了情天爱海，浪漫无比了。

站在情人桥上，看着那些情意绵绵的男女老少，我想和平多好啊，原来战场也会成为情人抒情的地方，地狱也会变为天堂。防线的撤退正是和平的胜利。多一个朋友就会少一个仇人，多一份友情就会少一份仇恨。这个世界如果没有敌人、碉堡、核武器，那该多么和谐美丽。

愿蜈支洲岛不要成为作战的阵地，永远成为游人的乐园，和平的胜地。

第12天　再见，海棠湾！

明天就要离开海棠湾去海口，稍事停留就要结束这次旅行。

我知道回去的路途很遥远，我的行囊背不走海棠湾的美丽和风光，但我的心里已撒满了海南的阳光，装上了南国的海洋，相信它们会让我的心情营造更多的舒畅。

《增广贤文》说，"一世不出门终究是小人"。一个人，灶门不出，二门不迈，他能放眼天下，肩上跑马，肚里撑船？

来到养心养肺的海棠湾，我以为，"一世不疗养终究是病人"。月亮也有阴晴圆缺，人难道就没有个心烦意乱？生存有竞争，名利压弯腰。人的身躯需要疗养，心灵更需要疗养。

其实，大自然到处都有迷人的风景，每个人的心里都有一块风水宝地。只要心灵阳光、心情淡泊、心地善良，累的时候你就可去自己的海湾徜徉。有什么样的心情就有什么样的风景，行走自然，快乐永远。

叩谢，海棠湾，你让我得到歇息，也让我受到洗礼，你的精髓已融入我的灵魂。

再见，海棠湾！

2007年11月于海南岛

西安游荡记

说　西

因为要去西安游荡，所以就想到了西。

一般人对朝西的方向没什么好感，对于说西，甚至还比较忌讳。

西边是太阳落山的地方，末日之向。故诗人叹息"夕阳无限好，只是尽黄昏"！

房屋一般都坐北朝南，如果朝西而建，夏天当西晒，冬天喝西北风，一年四季的极端气候尽含其中，谓之朝向不好，风水不旺。

人们相互祝福都是说"福如东海"，诅咒别人也要说"一命归西"。

由此可见，在中国人的祸福观念里，西不如东。

然而，任何一件事情出现一边倒的话，必然会出现难堪的局面。就说这个东西吧，我们不是常说，"人往高处走，水往低处流"吗？其实，中国的地势就是西高东低，水向东流！照此演绎不成了人往高处去是向西，是在背时；人走下坡路是向东，是在兴旺？呜呼，原来我们在追寻现实生活的精神高度时，地理的高度已把我们引向了现实生活的悖论！

其实，宇宙中是没有什么东西南北、上下左右之分的。之所以人们要分出个方位，分出个高低，完全是为了人类生存的方便。而一旦上升到人的精神层面，就赋予了这些东西更多的特殊意义。

我想，西行不一定是穷途末路，东行也不一定就春风得意。方向在自己心中，路在自己脚下，我行，我便行得正，坐得稳，半夜不怕鬼敲门；我走，我便走出希望之路；至于向左向右，我才不管它是个什么东西。

华清池的风水与风波

西安的华清池有名，说它"风景这边独好"，一点不假。这里南依骊山，北临渭水，山清水秀。可谓景色开心，空气润肺，丽水养颜。

华清池的天然温泉，从古至今，取之不尽，泡之不竭。一些历朝历代的王八羔子，视这里为风水宝地，并作为他们游宴享乐的行宫别苑，也的确让很多人羡慕得浑身发痒。

唐玄宗和杨玉环在这里洗过"桑拿"。据查，皇上洗了桃花运大大地好，不仅洗来了如云美女，而且还日夜金枪不倒。搞得他以为当皇帝的本事就是消遣女人。不信？有白居易的检举揭发诗《长恨歌》为证：

"春宵苦短日高起，从此君王不早朝。"说皇上洗了、玩了、睡了还嫌良辰美景太短；太阳晒到屁股了也懒得起床；甚至连每天早晨和文武百官的见面会也不参加了。

杨小姐洗了那就更不得了！白诗人也用笔捅了她的马蜂窝。说她是——

得美："回眸一笑百媚生，六宫粉黛无颜色"；

得宠："后宫佳丽三千人，三千宠爱在一身"；

得势："姊妹弟兄皆列士，可怜光彩生门户"。

于是，古往今来，达官贵人都想来这里宽衣解带，泡个鸳鸯澡。男人，想泡出个风生水起，江山美人。女人，想泡出个荣华富贵，天姿国色。

不过，把这里的历史和人物风波简单梳洗一遍后，我以为这里对得权得势的人还是有点阴风祸水的味道。走进华清池，两个明显的例子就陈列在那里——

往远处看，唐玄宗泡温泉、泡美女，荒芜朝政，引发"安史之乱"。逃亡途中，将士哗变，迫使他绞杀爱妃杨玉环，还被别人扒了龙袍。眨眼间，皇位、江山、美女统统地泡汤啦！唐玄宗最后不是用温泉洗澡了，而是整天以泪洗面，在愧疚与愧恨中死去。

往近处看，蒋介石也在这里面的"五间亭"住过泡过。说来也巧，就在蒋先生入住期间，他的部将因对他抗日"攘外必先安内"的政策不满，发动兵谏，史称"西安事变"。天寒地冻的拂晓，忽然间枪弹就从他的脑袋和裤裆边穿过，吓得老蒋屁滚尿流，只得翻窗而逃。在半山腰被逮住时，堂堂总统大人身着单衣，打着赤脚，真的是要多狼狈有多狼狈、要多冷有多冷啊！不知他那一刻还想不想泡个温泉澡，暖和暖和冻得像筛糠一样的肉身？也是眨眼间，蒋家王朝土崩瓦解，也是统统地泡汤了！蒋老最后偏居孤岛台湾，可能也是在愧疚与愧恨中死去的吧。

蒋总统之后不知有些什么伟哥美眉去脱过泡过，他们的运气指数如何也没去考证。不过，凡是鱼肉百姓，把洗澡盆放在人民痛苦之上的人，他在这里再怎么洗、怎么脱，好像也洗不掉他一生的罪恶，逃不脱他灭亡的命运！

古 城 墙

飞机在三秦上空降低高度。俯视窗外，渐渐看到了无山、无水，被黄土围困的古都西安。

西安的明代古城墙，是目前世界上保存最完整、规模最宏大的古城墙。它的周长13912米，墙体高12米，底宽18米，顶宽15米。其厚度大于高度，稳重坚固。

走向这座十三朝古都，心想，第一眼看到的该是雄伟的城墙，洞开的城门。可是，首先映入眼帘的不是墙也不是门，而是像森林一般茂密的高楼大厦，是川流不息的车水马龙，是擦肩接踵的人群和铺天盖地的广告招牌。

古老的西安城随着人类社会的进步，已在数次扩城中，冲破了围城，古墙内外已被现代化的楼群包围。

过去的西安是墙围城，号称铜墙铁壁，固若金汤。现在的西安是城围墙，面对今天的扩城势头，铜墙已弱不禁风，铁壁已不堪一击！当年千军万马难攻，万夫剑戟莫开的霸气已烟消云散，而今呈现在眼前的，只是一处有古色无古香的历史遗迹。

这座千百年来，阻挡过无数枪林弹雨的军事防御设施，就像一位勇士，从青年走到了老年，他已从保护别人转换到了需要别人保护的角色，他再也无力挺身而出保护城池里的子民了，他现在需要的是人们对他的保护和回报！

时间就是这样坚硬和无情，再强大的东西也有脆弱的时候。人类现在是地球上强大无比的霸王，对大自然的过度占有和蚕食，时间和环境迟早会给人类一点点颜色。那时，也许会让我们脆弱得就像这城墙脚下的一只蚂蚁，也许人类消亡了这座土墙还在！这一天会有多远呢？也许看看这座古城墙会有所启示吧！

2011年10月于西安

天堂里的香格里拉

那天，香格里拉的天空下起了阵雨，气温降到了要穿棉袄的份上，感觉特别冷。

走进梦幻般的香格里拉，像是闯进了天上的寒宫。而我的家乡洞庭湖畔，烈日当空，洪水泛滥，气温高达30多度，父老乡亲正处在水深火热之中。

从低海拔来到高海拔，从盛夏走进寒冬，强烈的地理跳跃和气候反差，不得不让我做出应急的反应。脚步跟不上心脏跳动的节奏，走路爬山像小脚女人。不少人像看到救命稻草一样，急忙租来一套迷彩服穿在身上避雨御寒。本来想在最原始的自然风景里还原真实的我，结果，我居然穿上了用于伪装的迷彩服。看来，人有的时候伪装自己也是迫不得已，是环境和生存的需要。仔细想想也是，人生的艺术就是伪装的艺术，只是要在真的基础上假，不要在假的基础上真。善意的伪装，使我们的生活变得丰富多彩。我现在既像一名战士又像一名游客，我的敌人似乎就是寒冷和雨水，没有胜负，只有过程。

踏着云雾缭绕的净土，走在归化寺的阶梯上，寺内的诵经声传来阵阵庄严和肃穆，让人的每一步仿佛都踩着天堂的石板。就在这时，一位目不斜视，神态安详的僧人从我身边静静经过。他如天上来客，令我肃然仰慕，视若神灵。我虔诚地邀他合影，他平静如水，施礼应许。我忽然脑海里灵光闪烁，他是不是我一直想寻找的那个灵魂最干净的人？我很想从他的身上吸吮到纯洁和超度的力量，帮助我摆脱世俗的纷扰。

寒冷的香格里拉，雨洗的香格里拉，四处的风景是那么迷人。马在草地上悠闲，花在山脚下烂漫，云从我的指间穿过，雪山顶上是晒不化积雪的金黄阳光。难道人们说的天堂就是这样？

在我很冷，无处躲雨的时候，我走进了归化寺。这里没有明枪暗箭的风雨，没有人声鼎沸的叫卖，没有红绿灯和监控探头，我好像走进了天堂里的香格里拉。

和僧人照完相，他平静地向我合手道别，然后，头也不回就默默地走进了寺内。望着他一寸一寸消失的背影，我的想象也在一寸一寸放大。我想，我在尘世风吹雨淋，他在天国超度众生。也许我再也不会来到这里，就是再来也很难遇到他。是啊，遇见就是遇缘，缘来缘去，往往就在眼前，就是一个擦肩，一记回头。

2008年8月于云南香格里拉

如果石头会说话

　　进入云南石林首先看到的是人造湖，再就是人工植的树和草坪。一个天然形成的景观，活像一个大盆景。说它不美也不准确，有奇石、有山水、有树木，有白云，可就是没有灵魂。它的原生态仿佛被扭曲了，它的自然美好像成了一种标本，这里就像一个博大的塑像馆。

　　石头是不会说话的，但附加给它的东西就是一种语言。不同的时代有不同的审美角视，如果每个时代的人都把自己的意识加进去，这代挖个湖，那代造座山，百年之后，这里也许就不是自然的石林，而是时代的意林了。

　　我去石林的季节正是八月间，气候宜人，但走进去的感觉倒是和赶庙会一样。那人比石头还多，在拥挤的人群里走动，那个难啊，就像从石缝里穿过。想照个相，照出来的不是人家的脑壳就是别人的屁股。唉，这哪里是石林啊，简直就是人林肉山！

　　石头如果会说话，它也许会问自己，那石笋是被人削尖的吧？那怪石是被人挤变形的吧？

石林里还有一个景观比较打眼，那就是在石头上刻的一些字。有古人刻的，也有现代人刻的，这些人大都是墨客或政客。古人刻的多半只有题字没有留名，现代人刻的都是有名有字的。墨客的一些题字很多在留意，像"无欲则刚"、"峭神"、"顶天立地"、"光明磊落"，这些神来之笔还真是在石头上点睛，把死的石头点活，让游客有所看、有所思、有所得。而那些有名有姓的题字有些就不敢恭维了，名是留在石头上了，能不能和石头天长地久，很难预料。有的不留骂名都很难说。

本来在石林的醒目处早就有人刻下了"石林"二字，据说"文革"时有个政要又在旁边留了"石林"二字，可还没等墨迹收敛，那人就死了，死了名声也臭了，人们就把他的题字给铲了，石头上而今还留着一块伤疤。看来，石林也要有个约法三章，游客不能乱写乱画，政客墨客是不是也不能乱写乱画。不然，后人笑掉牙，石头也会记恨呀。

如果石头会说话，它会告诉人们，我之所以万人仰慕，就是因为我有棱有角，敢于挺身而出。谁要是想在我的身上画蛇添足，千古留名，那就要看日月答应不答应。我很坚硬，但时间比我更坚硬！

2008年8月于云南昆明

如果蝴蝶会说话

　　我是从昆明走高速进入大理的，七个小时的车程，坐得人腰酸背痛。但心里想，离都市越远的地方应该有最美的风景吧。如果爱美，现在出发，美就在行走的眼前！

　　大理是白族人的聚居地，苍山、洱海、鲜花、蝴蝶泉让这里名扬天下。当年的电影《五朵金花》，金庸的小说《天龙八部》更让这里充满了美丽的神奇。

　　走进大理，但见山高、云低、水长、花飞。

　　说山高，是苍山看不到山顶，它的顶上终年积雪包着，长年云包雾裹。天地的日月轮回，历代的兴旺衰落，人间的冷暖情愁它都看得清清楚楚。有多少生命在它的养育下诞生，又有多少人曾经在它的眼下称王称霸，最后被它一一接纳。苍山不语，苍山不愚，它博大精深，苍山是个高人！

　　说水长，是苍山脚下的洱海，它是苍山液体化的象征，只不过它是走动的山峰，涌动的峡谷。它们更像远古走来的情侣，山水相连，两情相依。

有山在就有水在，风生水起，山清水秀，难怪这里的云像漂过了一样洁白，蝴蝶像花一样四处开放。

如果蝴蝶会说话，它也许会告诉人们，美丽是短暂的，只有珍惜美丽你才是美好的。蝴蝶的一生很短暂，但它一生都在装点春天，修饰大地。

如果蝴蝶会说话，它也许会告诉人们，人生如蝶，做一只会飞的花朵吧！

2008年8月于云南大理

北海感"瘫"

尽管从常德一路高速，还是赶不赢太阳下滑的速度，到长沙天就黑了。

出门在外，时间似乎特别反叛，你想快时它会很慢，你想放缓它会如箭。光阴总是在黑暗的背后行走，光明总要被黑暗占据。旅行，是希望寻找到更多明媚和快乐的阳光，让自己的心情像白云一样在蓝天流畅。

长时间"瘫"在候机楼里。晚11点半，飞机终于划破黑夜，腾空而起。这是从北京飞往北海的飞机，在长沙经停。上了飞机，好像一切都不属于自己了，人也昏昏欲睡，什么坠机、空难的担忧全被天空的黑暗和睡梦淹没了，飞往哪个世界都已经写了在天老爷的黑板上了，听天由命吧。

到得北海已是转钟1点。此时，黑夜还没有醒，黎明还在睡。但我却带着明朗的心情走出了机舱，走进了海防重镇——北海市。

第一个玩法是乘游轮环岛游，看完了就觉得这趟出海完全没有价值，这里的景色已经完全瘫痪。游船很陈旧，设备简陋，卫生也差，沿途没有看到一处令人兴奋的景物。看海，水污染，腥臭扑鼻；看天，雾不像雾，灰不如灰，太阳也像被蚊帐包裹；看腰包，少了180元，后悔不迭。

倒是途中一位老太太守望海天的情景，更像是一处风景……

游轮的甲板前，挤满了游客。人人都想第一个看到好风景，可船在海上航行了好长时间，也不见海浪，不见海鸥，不见白云。

游客们渐渐失去了兴趣，离开了甲板返回舱内。只有一位满头白发的老太太，纹丝不动地站在甲板上。她静静地注视前方，海风轻轻吹在她的脸上，从她的皱纹里穿过；太阳照在她的银发上，仿佛在翻晒她过往的心情。

谁也不知道她在想什么，只看到她的背影，她平静得像一尊雕塑。

我想，她是在猜想远处的风景，是不是天更宽，海更蓝？她一定是想看到很美的风景，寻找更合适的环境，让自己的心思去那里悠闲？身后的岁月变成了皱纹和白发，前方迎来的美景老太太一定很渴望也很珍惜……

旅游经济让不少地方挖空心思哄骗游客的银子。说是海洋世界展馆，看完的感觉却像海水一样苦涩，那也叫展馆？不如叫"斩馆"吧！这个所谓的海洋世界，就是把全世界与海洋有关的破铜烂铁拉在这里，顶多算个科普馆，没有北海特色，还不如在家观看动物世界，应该让它彻底瘫痪。

银滩是北海的王牌景点，还是有点观赏价值。虽然这块银子有点失色，显得陈旧，但看了前面两处败笔，矮子里面拔将军，当然"风景这边独好"。银滩号称"天下第一滩"，牛皮是吹得有点不着北，但和神州大地黑山黑水黑雾相较，我胆怯地认为牛皮好像没有吹破。不过，北海的脆弱环境已经在向银滩围剿，银滩岌岌可危。

北海，其实不需要伤筋动骨大力开发假想的旅游资源，把银滩守住了，银子就会像海浪一样涌来。如果银滩真正成了名副其实的"天下第一滩"，像马尔代夫迷人，银滩的每一粒沙子都会变成银子。地球人都知道，守住美景的第一要素就是环保，把天搞蓝，水搞净，空气搞清新。可是，傻瓜都知道，人们破坏环境的热情总是大于保护环境的积极性。如果银滩哪天天是昏暗的，水是浑浊的，沙滩是乌黑的，空气是腥臭的，"天下第一滩"变成了"天下第一瘫"就惨喽。

2012年8月于广西北海

没有末日，只有牧日

好像还是昨天，2012年的365天转眼就要耗尽。玛雅人预言地球这年的12月21日毁灭，幸好是吹的个泡泡，我和地球没有撞上末日，灰飞烟灭的只是2012年。

这一年3月，牵着春天的手，我跑到了河南洛阳，感受了那里的故都气息，踩了几处霸王遗迹，欣赏了国花牡丹，收获了一点点感想。一个个飞扬跋扈的王朝，在时光的熔炉中被蒸发，还不如一颗落在时光土壤里的种子。看看牡丹花，无论哪个王朝，不管多么黑暗和无耻，她总是以自己的色彩、可爱、热情，延续美丽。她仿佛也是一个王朝，一个富贵高雅的王朝，一个热爱大地的王朝，一个顺应天意的王朝，她目睹那些王朝土崩瓦解，永不复存，而她却从古至今，永远在大地上年年娇美……

桃花还在鲜艳的时候，我的好朋友李发模来桃花源寻找我。这位中国诗坛宿将，茅台集团的文化顾问，带着他的弟子和我的朋友们一起穿越桃花源、花岩溪，用诗意在时空的院子里散步。之后，他为我8月出版的新书题写了"读《岁序飞歌》，悟灵魂真相"的感言。我是桃树根部的一棵草，我借助草上的露珠，看到了闪烁的星星。和星星对话，其实也不用去高山去大海，无论高低远近，只要坚守，希望的人总会在希望的地方出现。

8月，我又一次用脚步丈量了贵州山水。镇远古镇的夜景是那样幽静，静得只有山水在呼吸，静得只有吊脚楼里美人的笑意，静得只有江水带走梦幻的身影。不过，凯里西江苗寨的奇丽更是洞穿古今。那些层层叠叠从山弯修建到山尖的苗家，全用古木搭建。多少年的房屋，多少年的邻里，多少年的传承，千家万户就是一部原生态的读物。其实，我们走进与世隔绝的苗寨，惊扰了苗民的梦。旅游是一种生活情调，把旅游当产业，把风景区当印钞厂是社会文明的退步，是把金钱的匕首扎进自己的喉咙。黄果树啊，世界级的大瀑布，若干年前就想目睹它落差的高度。刚刚看到它的雄伟，500米远就溅湿了我的衣服。雄伟的景观不一定走近了就看得清，任何事物，只有在恰当的位置才能看出适当的效果。

已经是无数次去北京了，但这年的10月我又要去祖国的心脏。因为我的散文《他是生命树上最甜美的果实》在全国获得了一等奖，因为是在全国人大会议中心颁奖，所以，我想走进心脏的里面去看看。好奇的想法有很多，最古怪的是想看看里面到底有多奢侈，到底有多森严，到底和乡村有多少距离。

秋天要逃跑的时候，我却找到了春天的感觉。那天，我顺着沅水摸进了夷望溪。没想到，没有任何名分的溪水，竟如天上的瑶池落入人间，水清得碧嫩，水静得秘密，没有一丝波纹。两岸的村民对身边软玉一般的丽水好像视而不见，他们悠闲地收割着金黄的稻子，牛羊也悠闲地甩着的尾巴，啃吃满地的青草。也许，在他们的眼里，没有末日，只有牧日。

今天，2012的尾巴就要溜走，2013的曙光已在眼前。出发，向着下一个春天……

写在2013的尾巴上

2013年的尾巴在最后摇摆。一晃，这一年就像顽童甩向河里的石子，转眼就要沉入历史的长河，在人类自己标注的时空里永远消失。

年号，是人类给时间分段而自己编制出来的。其实，茫茫宇宙，哪里有什么何年何月何日，几时几分几秒。时间就像太空一样，无边无际，不可瓜分。面对时空，人的生命极其短暂，于是，时间就成了一把人类裁量自身和历史的剪刀。

蛇年的尾巴快被剪掉，而我一个字也没有拣到文章里。我把所有的感悟都养在了心里，在一个没有什么营养的沙漠堡垒，留一些感觉自己滋心养肺也许很好。这个年景，过于表达的人好像没吃到什么好果子。看看周周，那几个自称网络名博的鸟鸟，终归命薄，脸打肿了，最后还是写进了监狱。唏嘘，可谓霸主不幸，时日不幸，奴才不幸！

2013年我有点弱弱的骄傲和欣慰，大女儿去了西班牙，小女儿保送香港读研。做父母的都希望自己的子女成龙成凤，我也不例外，所以我格外窃喜。我鄙夷厚颜无耻去痞个高官厚禄，我没贼心贪赃枉法赚很多钞票，但我现在似乎有了一点点释然，少了一点点自责。

时光也像一块磁石，分开很久的同学到了一定的时候又会吸引到一起。我们同学今年在一起集会的时候很多，还一起自驾跑到了慈利地缝、桃源夷望溪、娄底紫鹊界疯狂腐败，玩得也很上瘾。遗憾的是，今年我没有踏破湖湘版图，像个小脚女人，在家门口支付了我生命中的一年光阴。但是，我有一件事很值得期待，那就是我报名参加了飞往火星探测的志愿行动，还获得了初审通过。这是一个面向全球的国际活动，登上火星而且是有去无回。当然报名的人很少，也算玩命。中国大陆报名的人中，年龄最大的就是我。一些没有报名的人认为这个活动不可能成功，不过，我才不管。我的性命我做主，我连命都不要了还要虚名干吗？在地球上赖活着，也不一定比探索火星更快乐。去火星必死无疑，难道留在地球上就会永垂不朽？胆敢去火星送死，探索太空，那才是真正的热爱生命，拯救人类。

今年我在户外传媒奔波了365天，换了一个工作环境，换了一种心情，似乎远离了一些厌倦的面孔。生活给了我一些恩惠，我用感恩回报生活。这一年我很努力，希望找到放飞的感觉。

感觉2013年有点财运，做事小赚，打牌没输，当然赚的都是别人看不上眼的余米剩钱，总比栽跟头强一篾皮。鲁迅那个时代是阿Q麻痹人，现在是时代麻痹阿Q。赶上了Q时代，打麻将，码长城，我自豪，我自摸。没有和不了的牌，没有打不垮的庄。

一场牌局的输赢是牌运和牌技的展现，运气是概率的情人，技术是概率的卫士。我找不到概率的情人，我就去当概率的保镖。

不与概率作对，不夸大自己掌控概率的能力，选择适当的时候作出适当的举动，你期望出现的概率也许会降临。当然，有时你会在概率面前输得狗添米汤，这是科学家都没办法破解的难题，但多数时候你会站在概率的上风。人能够来到这个世界也是概率，那是上帝和父母赐予的，100年之后，你所有成功和失败的概率都等于零。

我们生活在概率里，就做一粒概率的棋牌吧，也许这一局你是一张臭牌，说不准下一局你就会锦上添花，成就了大业。

2013仅剩几根毛发了，2014的日子马上发芽。虽然，2014这个数字不是很好听，但2014的每一天都是新的，其他年份美好的季节，这一年也一定会拥有……

给时间挂上倒挡

——2014年岁末在生命大学的演讲片段

女士们、先生们、同学们：

你们好！

感谢贺校长给了我一次让生命奔放的机会，能够和这么多年轻人一起切磋生命的快慢和轻重，让我感到了活（贺）的重要和活（贺）的可爱（笑声、掌声）。生命很神奇也很神圣，大家都很向往和喜欢这所以她命名的大学。如果当初取名死亡大学，恐怕大家都不会坐在这里，我也不敢来了（笑声）。不过，生死只有一纸之隔，我们研究和言谈生命的时候，必然会探讨死亡的影子。

我今天演讲的题目是《给时间挂上倒挡》。这个题目听上去有点倒行逆施，有点反常。一般来说，开历史倒车的人在中国和其他国家大有人在，但都被历史的车轮炼得粉碎。开生命的倒车是颠覆性的事件，如果可能，过去可以重来，青春可以再来，老妈子可以变成新娘子，喊某某人万岁就会是真的而不是咒语了。但是，目前人类科技水平还没有那么很，也不能这么很，不然，地球上的人会多得没有立足之地。如果人类找不到、飞不到其他星球生存，生命的无限延长就是人类和地球的灭亡。

我们这一生，求永生不老肯定是没希望了。正因为有限，所以我们要珍惜。时间不可以倒流，但我们可以放慢生活节奏。人生的路程100里，慢慢走，慢慢看，慢慢享受多好，没必要坐高铁搭飞机。你那么快干嘛啊？死亡不需要争前恐后，这个可以迟到，最好缺席，当然那是妄想（笑）。给时间挂上倒挡是一种生活态度，把生的节奏慢下来，让我们有心情有时间去享受如梭的人生。

2014年的脚板又抹上了猪油，很快就要从我们的眼皮底下溜走了，就像一滴被太阳蒸发掉的晨露，一去无影无踪。你还能找回它吗？我是不可以的，最多只能找回记忆……

今年10月，我溜到了川藏高原，到了稻城亚丁。在那里，看到的都是若干亿年前留下的自然奇观。因为山高路远，受到地理的阻隔，那些奇山异水才没有被人类发展，那些原生态才没有发生翻天覆地的变化，才保留了她的自然面貌。我一直怀疑"发展"这个词，一个城市作死的发展，人口由几十万到几百万到千千万，水用到枯竭，天搞得昏暗，地掏的空空，没有给子孙后代留点生活的余地，这样的发展是不是恐怖？是不是像在挖掘坟墓？过去，一座城市几千年就是那样物是人非，在时光里悠悠，像牧归的铃声慢慢荡漾。如今，城市像打了激素一样，日新月异，人们恨不得把摩天大楼盖到火星上去，发展变成了发胀。

随着年龄增长，我的身体也被"发展"了（笑声）。年轻的时候吃岩头都消化，喝斤把酒跟喝水一样，现在有时候喝水都不舒服，先后做了两次胃镜，还在长沙医院住了些时日。在休整的空隙，我似乎找到了让身体、让思想、让欲望慢慢休养的处方。

慢点，让时光在我们的心灵里多休闲一会儿，让我们的心多感受一下人间的美好，活在当下的惬意。慢点，让我们的脚步走得舒缓一点，不要把一百年走的路程十年就匆匆跑完。要知道，跑完了就终结了，终结了就别想再玩了，哪怕是再想走一小步玩玩都没有可能了。慢点，沿途的风景需要我们慢慢欣赏，人的一生不是看你越过了多少风景，而是在于你被多少美景陶醉。岁月不会雷同，人生不可复制。前面的风景不一定就是更好，人生的终点不是风景，而是死亡的陷阱。

越南我去过几次了，那个生长在海边的国家总让我向往。初夏，我又来到西贡，凌晨4点我就起床去看海边的日出。坐在大海的裙边，感受海水的抚摸，浪花和月亮都在我的身边，壮美的景观为我演绎，静静地，慢慢地欣赏一场盛大的约会，那浪漫，那悠扬，那心情多么舒畅。什么是天长地久？什么是无悔人生？此景、此情、此刻！

2015年就要来了，我要开溜了（笑声），我要带着中了彩票的笑容，去迎接新年的第一秒。

让我们用热情和热爱把2015年的每一天，每一分，每一秒慢慢浸泡，细细品味吧！（掌声）

青山的重量

　　山水的重量本无法衡量，如果被赋予了人的精神元素，山水就会有人文意义的重量。青山，在临澧人心中，甚或在亚洲水利史上，堪称一座具有人文重量和水文重量的豪迈丰碑。

　　青山，惊醒过我少年的梦。20世纪60年代末期，全中国都在喊人定胜天，到处都在造反有理。无论红色浪潮怎样四海翻腾，政治运动怎样五洲震荡，但自然灾害没有投降，该来的洪水和干旱照样肆虐大地，农民自古以来望天收的命运没有改变。就在这样情形下，临澧人找到了焕发精神的突破口，凭着一穷二白和战天斗地的豪情，用勤劳的双手和毅力，在澧水之上修建一座水轮泵站，一个人间奇迹在临澧人的手里诞生。

　　澧水自崇山峻岭狂奔而下，像一头桀骜不驯的蛟龙。它来到地球上的时候，人类还没有出生，临澧人要想牵着它的鼻子走，恐怕够得折腾。果不其然，这个工程一干就是10年，举全县数十万之劳力，连续3年老百姓没有要分文报酬。军事化的管理，生产队成了突击队，大队成了连队，公社成了营部，男青年组成敢死队，女青年变成了铁姑娘。除了老弱病残，几乎家家空巢，队队无人，所有劳力都去修建青山。

我在太浮的一个小山村住过几年，所有篾匠木匠、瓦匠铁匠、窑匠岩匠统统都参加了青山会战。每到秋冬，常常有民工半夜行军结队从村口大路经过，口号声、脚步声，担子的喘息声、鸡公车的负重声把我从梦里唤醒。他们的儿女爹娘也许就在队列中，也许在家里留守，等着他们来年春天回家。在我少年的夜里和梦里，每天都有赶路的人，像追赶黎明前的太阳一样，前赴后继，勇往直前。

澧水不是那么好驯服，人不可能胜天。青山水利工程也遭受过澧水的激烈反抗，刚刚修起的大坝被无情的洪水一夜冲垮，但人的意志是坚强的，临澧人改天换地的精神坚不可摧。三九严寒，澧水两岸红旗招展，夯声不断，热火朝天。民工们使用最简陋的工具铁锤、铁锹、撮箕、土车、石磙，完全靠肩挑手推，奋战在各个工地。经过数万人数载春去秋来，人山人海汇聚的力量，最终把澧水拦腰斩断，一座固若金汤的大坝又重新矗立在澧水之上。青山水利工程的建成，使洪旱灾害频繁的临澧大地从此变成了"水旱从人，世无饥馑"的鱼米之乡。在许多临澧人心中，青山大坝就是他们青春热血铸就的诗篇，就是他们与大自然殊死搏斗的战场。

一个县在生产力不发达的时期，依靠民众的力量，以气壮山河的魄力，在滔滔澧水上修起一座水轮泵站，让外国人为之震惊和赞叹。1976年10月，第一次有墨西哥人来到青山参观，对临澧来说，这是骄傲和首肯，也是国家的荣耀。为了接待外国友人，不给中国人丢面子，县里调动能工巧匠，在几十天里突击修起了崭新的接待中心，并对县城通往青山公路沿线的土砖瓦房用石灰刷白，实施美化亮化。外宾来的那天，我们观山园艺场的下放知青，按规定站在离公路几百米远的山坡观望，目睹外宾车队从我们的园区经过。那一刻，我们感到青山多么神圣，临澧人多么神奇，外面的世界离我们很远又很近，辉煌，也有属于我们的一天。

有人做过统计，修建青山水轮泵站工程，动用的土石方如果筑成一米见方的长堤，可绕地球11周。青山，饱含几十万人的血汗和斗志，是临澧人民智慧的结晶，是临澧精神划时代的杰作。她是澧水流域历史性的地标建筑物，也是临澧人民艰苦奋斗，巧夺天工的壮美坐标。

任何建筑工程都是凝固的艺术，具有蕴藏和孕育文化的功能。青山水利工程的影响和作用，就是临澧的都江堰；她的缩影和象征，就是临澧大禹治水的精神再现；她的雄伟和崇高，就是临澧的万里长城！

青山之重，重在民心民生，人水和谐，重在惠及子孙。

原载湖南出版社《青山史话》

回望水绕的县城

　　临澧县城一直没有自己独特的名字，它只有一个全国县城的统一呼号，叫"城关镇"。直到近几年它才叫"安福镇"。其实，至20世纪70年代末，临澧县城很有自己独特的地域魅力，它北靠群山，南依道水，城内池塘遍布，溪流纵横，小桥流水，是湘西北一个十分清秀的碧玉水绕的县城。

　　20世纪50年代，我出生在这座小城的县委机关。别以为机关衙门森严壁垒，没什么景致，这里以前可是蒋家大地主的花园，里面清水环绕，假山逼真，绿树红楼，青石回廊，好一派江南园林的韵味。每每春夏之际，蛙鼓蝉鸣，柳枝轻拂水面，很是别有洞天，大有小家碧玉的水乡风情。

　　回望养育过我的这一方水土，好多的记忆仍然还留在县城的桥头堰边。梦里几回，仿佛奎星楼下的好生桥上还有我童年的身影；团堰角的流水声还在我的脚下欢跳；道水河畔还闪现我和儿伴光着脚丫戏水的天真……

　　我年少的时候县城很小，它东起城关完小，西至县公安局；南起道水河边，北到县委会打止。占地面积大概就是直走两里，横走两里。虽然县城只是弹丸之地，但确有着丰富优美的循环水系。仅堰塘城内就有沈家堰、团堰、幺堰、黄丝堰、龙潭堰、裴家堰、碑波堰等十多处。还有几条溪流与堰塘相连，穿城而过，于是，小城里就有了城西的广福桥、城南的迎龙桥、城东的好善桥等十来座石头砌成的大桥小桥。从八方楼下走武装部，再经印刷厂到团堰角往西，有一条溪沟，沿线就有五六座石拱桥。

县城里最多的是水，最高的是树，最亮的是青石板路。如果围着县城走一圈，这些画面就会映入眼帘：临水的吊脚楼，临街的青砖瓦房、板壁屋衬映出小城的古朴；堰塘里有亭亭玉立的荷花，有清脆的菱果，不时有小船和腰盆从晨雾里划出；午后的蝉鸣在池塘旁的柳树上叫得响亮，钓鱼的人在树下悠然自得地放着长线，一群孩子正在撒满阳光的水面上刷刁子……

我在西门住过几年，印象最深的是沈家堰。这口堰位于现在的县水电局和华能超市的下面，当年西门口的人都用这堰里的水作生活用水，堰有两个码头，人们天天来此洗衣、洗菜。有一年初冬的早晨，我去汽车站排队买票，回来看到沈家堰的鱼翻潭了，好大一条鱼浮出水面。我顾不得寒冷，脱了衣就跳进水里，把那条鱼抓了起来，回家一称足有五斤多重。

老一中前有个很大的堰，叫公堰，与之一堤之隔的城关完小前也有一口无名堰。首先永远消失的是城关完小前面的一片水域。我还记得，一些人用抽水机日夜抽堰里的水，为的是尽快填堰。有天晚上，工地现场汽油起火，还把附近的一个小学生不幸烧死。大自然给予的一堰清水，以一个孩子的殉葬为句号，结束了它滋润县城的使命。

只要在老一中读过书的人，都记得校园里的龙潭堰。南边有几棵好大的树，东边有石头砌的台阶，一直延伸到水中。每天傍晚，很多寄宿的学生在那里洗衣、洗碗。多少年来，无数寒窗苦读的学子在池塘边徜徉，放飞青春的梦想。

　　往下河街走，城南的边缘就是清波荡漾的道水河，与道水河平行的还有一条内河，县城里的人都叫它小河。虽说小河不太起眼，但它对县城堰塘、溪沟的水位水质起着很重要的调节作用。小河与外河相通，当外河涨水，水位高于城内水位时，小河的两个水闸就关闭，平日里水闸打开，城里的水系与外河水相连。所以，县城里的人对"大河有水小河满"的道理感受身切，也是城里长辈时常挂在嘴边，传诵给晚辈的一句口头禅。

　　在内河与外河一线排开的，是一些与水运有关的行业，有木材公司、航运公司、搬运社、煤店、粮店。木材、煤炭、粮食等日常生活物资走水路进出县城，这些行业靠水经营，通水通路，生意兴隆。木材公司与道水河一堤之隔，储备的竹木就放在小河里。

　　下河街尽头的左边是搬运社，右边是船运码头。每到春夏季节，河水丰满，这里就成了县城里重要的人流物流集散地，十分繁华忙碌。码头上那块斜坡的宽阔场地，算得上是县城里最大的广场。搬运工人从船上装卸货物，靠肩挑背扛，装在板车上后，就成群结队地拉往城里的各个方向。下河街往北走是上坡路，经常看到搬运工人负重前行，汗流浃背。

　　河的上游，就是现在的大桥旁，是一片沙滩，这里离搬运码头百十米远，是男孩儿们赤身裸体戏水的好去处。沙滩上长有不少野藠头，玩腻了孩子们就扯一把回家当菜吃。许多人的童年就像那年的野菜，在这片岁月的沙滩上疯长过。

　　道水河是县城流动的风景线，每天除了来来往往的船帆，还有竹排、木排从上游漂来，还有捕鱼的鹭鸶船在河面上穿梭，还有河对岸柳林里吹来的凉爽的风。

　　河水清亮得像绸缎一样柔滑，能看到水下几米深的鹅卵石和鱼虾，能看到不远处野鸭划开的波浪，能看到男女老少挑水、洗衣倒映在水里的影子。

　　煤店的前面是浮桥，桥下面是深潭，水面开阔，是游泳的好地方，也是放排人停放排筏的港湾。城里的小孩经常来这些排筏上玩耍，喜欢玩扎猛子从水下穿过木排的游戏。

　　有一次，我们一群同学在木排上大秀跳水，一个个像水獭，跳进水里翻腾自如，煞是惬意。孙同学本不会游泳，他在木排上见我们跳下水后自然浮起，忍不住也跟着跳进了水里。那里是深潭啊，到底有多深，谁也没有探到过底。有人见他好久没冒出水面，连忙大喊大叫。众人急忙跳进水里寻找，才把他从木排底下拉出来救上了岸。

　　粮店在县城道水河的下游，这里也有一处深潭，常有船只在这里装谷载米。可能是为了方便省力，专门修了一条青石板砌成的石槽，一袋袋的粮食可以直接从粮仓里滑到河里的船舱。夏天来临，没有船运的时候，人们也去那里游泳。运粮码头离水面几米高，自然就成了孩子们的跳水台。在那个跳水台上，我和很多城里的少年一样，跳过前空翻、后空翻、飞燕展翅的动作，找到过勇敢飞翔的惬意。

　　我相信很多县城里的人，他们的心灵深处都留存着与水有关的记忆。水，曾经是临澧县城的魂，也是县城的根。水曾载着许多人的梦想，流向远方。水是有灵性的，它总是给县城里的人传递很多道理——

水柔美，无论从高处到低处，无论遇到多少曲折坎坷，它都永远向前，奔向大海。水宽容，有时小到点滴，有时大河奔流，它包容一切，容纳百川。水执着，可载舟，也可覆舟，水就是人心向背。

回望水绕的县城，过去满塘满堰的水，已没有了昔日碧波荡漾的迤逦。那些堰塘变成了高楼大厦；那些小桥流水变成了街道马路；那些杨柳桑树变成了水泥电杆……当年环绕县城的水，就只剩下被防洪堤阻隔的道水孤孤单单地流淌。道水河里，船帆绝了，码头歇了，河床浅了，流水浑了，鱼虾少了……

县城的水被人群和楼群挤走了，水也把县城的天然美带走了。水美水魅，水绕县城的风景，对现在的安福镇来说，已经成了一个遥远的画面……

如果从现在起，我们与水和谐相处，那些久违的景色也许会再次驻足我们的家园。有了水的环绕，有了生命的源泉，我们的县城也许就有了活的灵魂。

原载2013年线装书局《时代颂歌·全国散文作品精选》

二十九年后的遇见

——访诗人李发模散记

　　2008年3月的一天，我忽然接到诗人李发模的来电，邀请我去他的故乡——贵州绥阳参加"中国诗歌诗乡高峰论坛"。这对于我来说，是个期盼已久的约会，我当然求之不得。

　　其实，我最大的兴趣，还是想去拜访我仰慕了二十九年的诗人李发模。虽然，李发模现在是贵州省作协副主席、遵义市文联主席，但我相信，诗人不是靠乌纱帽交往，而是靠诗的心灵交流。

　　走进黔北绥阳，孤山独峰像森林遍地延伸，油菜花开如彩带缠绕大地，高原云雾悠然地笼罩在山间和村庄，好一个生长诗歌的人间仙境，好一个诗人开花结果的故乡。

　　绥阳被誉为"中国诗歌之乡"，59年前，李发模就在这块美丽神奇的土地上出生。

　　那天，我刚到绥阳博雅宾馆的聚贤楼住下，就听到有人在门外喊："高立是不是住在这里啊？"我连忙起身开门。我知道，一定是李发模来了。果然是他，看得出，这里的高山把他养得敦实，这里的宽阔水让他充满了灵气，这里的民风给予他浑身朴实。

29年前我就想见到的诗人，今天终于在他的家乡相会。看着诗人平凡的仪态，默诵诗人超凡的诗句，时空仿佛一下子让我回到了当年。

1979年2月，《诗刊》发表了李发模的叙事诗《呼声》。这首诗写的是一个爱情故事。一个地富出身的少女和工农出身的青年相爱，因为政治高压的干涉不能结合，通过少女自杀前留下的五封信，诉说了一个20世纪70年代版本的梁祝悲剧。

《呼声》一出，如一声惊雷，在中国大地不知唤醒了多少良知，激起了多少感情的浪花。那时，中国人还刚从"文革"的噩梦中醒来，人们的心灵满是伤痕，人们的心头满是委屈和愤懑，是李发模的《呼声》让人们一吐心中的郁闷。以致那时的人一见面便问："你读《呼声》了吗？"

我是在装甲兵学院图书馆看到《呼声》的，那一夜，我平生第一次被一首诗感动得流泪。我太喜欢《呼声》了，我连续三个晚上去图书馆读这首长诗。后来我就起了盗心，想把图书馆的《呼声》窃为己有。于是，我和一个陕西老兵商量，请他出手给我偷出来。老兵很牛，那天晚上他穿着大衣，进图书馆转了几圈就搞到手了。回到营房，他还很得意地在这期的《诗刊》封面上写着："成显贵购于图书馆。"他说："这书就是我的啦，现在送给你，你今后看这本书的时候记得我就行啦。"

我当时很害怕，生怕发现了被没收，就连夜在日记本上将几千字的《呼声》抄下。从此，我和这位陕西老兵成了最好的朋友，就是离开部队这么多年了，我也没有忘记这位老兄。2006年春天，我还去陕西安康看过他，看到他并不富裕的境况，我给他留下了5000元钱，我也不知道那是出于友情还是感激。

在绥阳的那几天，诗人们在一起也自然要谈起《呼声》。有些人认为，用现在的眼光看，《呼声》有一定的历史局限性，但丝毫不能动摇它"中国新诗的一块里程碑"的地位。

我更看重《呼声》的先声夺人。那个时候，就像天要亮了，可人们的思想还被笼罩在黑暗中，人们还不知道即将来临的是黎明还是黄昏。在黑暗中久困了的人们，在时代大转折的十字路口，彷徨、等待、观望是一种普遍心态。是李发模勇敢地站出来，像一只报晓的公鸡，唤醒了人们。他的《呼声》，如春雨滋润了干裂的冻土，像春风吹开了封冻的坚冰，似春雷惊醒了冬眠的种子。

我以为，诗人就是最先清醒的那个人，就是最先喊出第一声的那个人，就是最先向邪恶打响第一枪的那个人。这需要智慧和敏锐，需要勇气和才气，需要良知和道义。

事后评说是容易的，关键是能不能够在自己所处的时代，站在最前列大胆地喊出民众的呼声。

和李发模相处的那几天，我问过他："《呼声》的原型是你自己的经历吗？"他说："有我的影子，也有其他几个原型。"问过之后，我觉得很失悔，这个问题问得太幼稚了。这首诗之所以引起共鸣，是因为大众的身上都有这种伤痕的影子。李发模道出的是大众的痛苦和控诉，他喊出的是时代的大悲和大众的渴望。

原载2015年九州出版社《李发模诗文选集》第六卷

愧对英雄

——访中国远征军老兵李锡全所想到的

2014年5月6日，老兵李锡全离世，年95岁。以下是当年我对他采访后的一段文字，以示对报国英雄的怀念。

2008年10月26日，深秋的风雨步步紧逼，树叶纷纷归根。

这一天，我拜访了19岁离家抗日，89岁才从缅甸回家的中国远征军老兵李锡全。

这位在缅甸流落了65年，仿佛被历史遗忘了的远征军人，看上去一身沧桑，他的每一道皱纹里，似乎刻满了密密麻麻的艰辛和忧伤。尽管岁月在他身上刀削斧凿，让他没有了年轻时的英俊与雄壮，但还是没有磨去他军人的顽强气质。

李锡全，1938年在湖南省桃源县白洋河鹅道咀参军，1943年，李锡全所在的部队编入中国远征军，从广东，到广西，再到贵州，随后开赴云南的中缅边境，收复被日军占领的腾冲，参加了松山等多个与日军的激烈战斗。腾冲收复后，部队移师广东，李锡全因在战斗中负伤，离开部队流落到缅甸密支那治病，随后在异国他乡安身立命。

中国远征军是抗日战争时期，中国为支援英军在缅甸（时为英属地）抗击日本法西斯、保卫中国西南大后方而建立的出国作战部队，也是甲午战争以来中国首次出国作战，并立下赫赫战功的军队。

在热带丛林中，10万远征军牺牲了6万人。中国远征军用鲜血和生命书写了抗日战争史上极为惨烈的一页。

当年留在密支那的中国远征军有100多名，随着岁月的推移，现在只剩下三个人了，李锡全就是其中之一。

李锡全的女婿寸待仕告诉我，华人在缅甸没有政治地位，家境在缅甸那个战乱频繁，经济贫困的国家里，只能算是底层。这位曾经为中华民族浴血奋战的老人，一直靠卖柴火为生。

他回家的脚步在国门之外徘徊了65年，有历史和经济的隔阻。因为历史的原因，他出入境的手续十分麻烦，甚至没有他以正当身份踏入中国门槛的可能；他一贫如洗，往返的费用在2万—3万，哪来钱让他从一个国家到另一个国家；年近九旬，万水千山，没有保健医生随行他恐怕也难迈开回家的步伐。李锡全老人这次回家，是几家媒体记者多方奔走和筹措，借助民间力量才得以成行的。

从李锡全踏入国门的那一刻起，他就受到了来自民间的爱戴和欢迎。在腾冲他入住的宾馆，人们拉起了欢迎英雄的横幅；在长沙火车站，自发迎候的人群争先恐后地给他献花。

只是在他的家乡，当送他回家的车队到来时，出面维持秩序的不是警察而是城管队员，让人有点疑惑。

一位远征军老兵说，他经常梦到自己的战友，"那么多人为了中华民族牺牲在了异乡，但是后来却很少有人关注这段历史。"

"这段历史被'遗忘'是有一定原因的。"位于腾冲的滇缅抗战博物馆馆长段生馗分析说，"因为远征军的好多将领在解放后都归顺了共产党，去了台湾的孙立人后来因'预谋兵变'被蒋介石软禁，国民党肯定不愿多提这段历史。而大陆呢，因为历史原因，对这段历史肯定不会多说。"

在密支那街头，随处可见日本士兵的纪念碑以及慰灵塔等。碑文使用的是日文和英文，"……战争虽然失败了，我们将永远铭记日本军人为国家所作出的牺牲……"战败的日本人仍然记着他们在缅甸战死的将士，每年都有大量的日本人前去凭吊纪念，而我们中国人呢？当年密支那一役，有4000多名中国远征军战士永远留在了那里。"文革"时，这些墓地被缅甸政府用推土机夷为平地。那些当年为了中华民族牺牲的将士们至今连个纪念碑都没有。历史已经远去，但作为后人，我们不应该忘记这段历史，但事实是，我们正在忘记。

60多年前的抗日战争中，无数中华儿女以身报国，拯救民族于水深火热之中，用鲜血和生命捍卫了中华民族的尊严。时过境迁，我们该以何种态度和行为去对待这些年轻时奋勇报国、老来孤苦无依、死后无人问津的将士们呢？

忘记历史就是对英雄的虐待。一个不善待自己英雄的民族，不会是一个有前途的优秀的民族。

有个粗略的计算，从统一的秦帝国到国民党败退台湾，在2170年的时间内，中华民族共经历了30多个王朝（含在同一时间段，有两个和多个王朝并存），共有230个左右的皇帝，每个王朝平均70年左右，每个皇帝平均在位9年左右，没有一个王朝万岁，更没有一个皇帝万岁。王朝会更替，政党有兴亡，个人有生死，可是中华民族长存，中华文化长存。

老英雄：你忠心的是中华民族和中华文化，你的精神铸造了中华民族和中华文化，将与中华民族和中华文化共长久。

2008年11月15日于桃源

一条狗的传奇

这条狗的名字叫"东东"，是我妹妹家收养的一条流浪狗。

两年前的一天，东东流浪到她家门前怎么也不走了，但他们没有养狗的打算，就没有让东东进院子。东东似乎认准了这家主人，日夜待在她家门前，给吃的也好，不给吃的也好，反正不走。一个月过去了，东东越来越管事，只要生人靠近它就要吠叫。主人考虑到院子里曾来过小偷，自从东东赖在这里后，小偷也销声匿迹了。旁人也说，狗来是福。于是，东东被收养了，获准进入院子。

东东也很珍惜主人对它的恩慈，24小时看家护院，从不给主人惹麻烦。就是拉屎拉尿也从不拉在院子里，主人开门它就跑出去解决，回来要是没人开门它就蹲在大门口，哪里也不去了。

日子久了，东东管事的范围也扩大了，连邻居家来了生人它也要叫上几声。邻家就在一墙之隔的墙下专门为东东打了个洞，好让它两个院子自由跑动。

家里来了生人，还有好远东东就发出了信号，如果主人制止它，东东会停止攻击，但还是会不时回头盯着来人。客人出门，要是空手而走，它若无其事；要是手里拿了什么东西出去，东东就会不依不饶。就这样，东东的原则性越来越强，鸡来到它的领地它往死里咬；就是鸟儿飞过它也要横眉冷对，好像是侵犯了它的领空。

有几次它不听话，妹夫把它带到郊外，想让它自生自灭。可是，等妹夫回到家，它早跑回来蹲在了大门口，见了主人摆出一副摇尾乞怜的样子，让人只好作罢。

前几天，附近的几个小孩来院子外玩耍，东东冲出去后朝他们一阵猛赶，吓得孩子们赶紧爬在了树上喊爹叫娘，它还跳起撕咬到了孩子们的裤脚。东东惹祸了，孩子们的家长来敲门控诉了，妹夫感到事情严重，怕东东哪天惹出大祸，最后决定把东东送人。

送就要送很远，不然它又会跑回来。那天，妹夫找了一辆车，把东东关在后备厢里，让它看不到送走的路线。于是，东东被送到了几十里外的乡下一户人家。哪知妹夫还在回来的路上，户主就打电话说，东东见车开走了，突然挣断了链子，跑了。

不过，八天过去了，东东还是没有跑回来，估计它到处去流浪了。

然而，第八天的半夜时分，东东居然找回来了！

它饿得浑身无力，在门外轻轻地哼，当打开门去看时，东东又躲在了旁边的草丛中，可能它是想回家又怕主人再次把它送走。进得家门，连吃了两碗饭，东东兴奋得连蹦带跳，围着主人的脚亲个不停。

想想这八天八夜它克服饥饿，不知寻了多少路才找回来。于是，东东以它的忠诚和毅力，再次被主人收留了。

2011年12月于常德

我是杀狗犯

  不知道为什么，我特别喜欢狗。也许是我对狗的一种忏悔。因为，我曾经背叛过狗的忠诚和义气。

  在我12岁的时候，我家要从湘西北的太浮山，搬往县城。生产队的人要帮我们把家里的东西，挑出十几里才能用拖拉机运走。县城不比乡下，住房窄，活动区域小，不适宜养狗。且那时生活特别困难，人都养不活，还何谈养狗。乡下不一样，屋前屋后有山有水，有田地，有野物，狗完全能自由活动，能自己解决温饱问题。当时，我家养了一条猎狗，赶山打猎、看家护院非常出色。搬家的前几天，我们收拾东西，狗似乎有感应，它不吃不喝，也不出门，就蹲在大门边，眼光随着我们进出的脚步，不断流露出忧郁和不安。

  狗不能带进城，也迫于生活困难，于是，作出了一个残酷的决定：杀狗，以招待帮忙搬家的村民。

  打狗时，我把棒藏在背后。它知道，我的棒就要打在它的头上。我还记得，将狗唤过来时，它眼里流着哀求的泪水，低着头，几乎匍匐着身子，忠心耿耿地向我慢慢走来。最后，它把头伸在我的脚前，尾巴使劲在地上扑打，身子一动不动，等待我的处决。我知道，它是一只聪明勇猛的狗，它不是愚蠢，它是忠诚。狗没有愚忠，狗只有精忠！

那一刻，我成了魔鬼！几棒下去，狗连哼都没哼就死去了。把它吊在树上剥皮时，它的眼角还挂着泪水。

贫穷多么可怕，连忠诚都要宰杀！

人多么可恨，连知己都要蚕食！

我多么残暴，连顺从都要棒打！

那一棒，也打在了我的心上。随着日月的积累，我的良心愈来愈感到刺痛！让我看到狗就有负罪感，谈到忠诚我就惭愧！

我时常想，是我卑鄙凶残，还是那个时代盛产卑鄙和凶残？世上有那么多不忠不义的人可杀，我若成了杀人犯，也许会心安理得。有些人死了，还老嚷嚷活在人们心里，可我没感觉到，倒是那只狗一直活在我的心里！

我是个杀狗犯，我曾经在人们最困难、最贫穷的时候，杀害过人们最忠实的伙伴。我和有些人一样，尽管今天混出个人模狗样，但有时在忠义面前，可能连狗都不如。

我有罪，我向狗谢罪！我向忠诚谢罪！

2007年9月于洪江古商城

1977年，我是知青爆破手

1976年2月，我满17岁不久，便和同学熊汉民相邀，一起下放到了临澧县观山园艺场。

观山知青最多时100多人，主要从事柑橘嫁接、栽培和管理。知青点背靠大山，每一块地都是开山挖出来的。首先是砍树，再就是背树下山，然后是放炮平整，挖壕填肥栽上橘苗。

我下放的第一天就是背树，一边肩上背一根，一天下来，肩也压肿了，脚也打泡了，累得全身骨头像散架了一般。劳动强度大，油水不好，一月只能吃到一餐肉，饭量就随之增大，我们每人每餐都吃一斤三两饭。

后来，要选爆破手炸山，我以为轻松自由，惊险刺激就和熊汉民报名了。因为那活很危险，也没人争，我们也就如愿以偿。

也没有什么培训，我和汉民就背着炸药、雷管、导火索和钢钎、铁锤、铁铲上山了。仅有的一点爆破知识就是老知青口传的。刚开始我们也很谨慎认真，场长邓圣大也怕我们出事，也怕我们偷懒，天天监督我们干活。

真是应了俗话"条条蛇都咬人",爆破手也不是好当的。炮眼要打两米深的洞,只能用铁铲一点一点往下铲。越往深处打,手用力越大,手也磨破了皮,手臂也肿了,这还算好的。最难的是在岩石上打炮眼,要一人掌钢钎,一人抡铁锤。开始不熟练,时常铁锤没有打在钢钎上,而是打在了掌钢钎人的手上。我们两人轮换掌钎打锤,两人的手都被打得青红紫绿。

经过一段时间的磨炼,渐渐熟练了很多。我们一个早晨的爆破,就足够推土机一个上午工作。邓场长看我们似乎可以了,也好像放心了,就没天天盯着我们。

我们每天的爆破地点就在公路旁边。每天有一班客车经过,班车司机曾经和知青打过架,后来就一直不愿在观山停车,知青每月一次回家休假经常搭不上车,只好走路或强行拦车。这次报复的机会来了,我和汉民商量,就在班车上午9点经过和下午2点返回时爆破,让他等得"人死骨头烂"。

于是,我们天没亮就打炮眼,将炸药埋好后就坐在山冈上等班车来。我们一人做了一面"红旗",也就是用女知青的红袜子系在一根棍子上面。点完导火索,两人就挥舞着红袜子去两头拦车。看到班车乖乖地任我们摆布,心里有说不出的痛快。就是爆破完了,我们还要班车等等,说是有哑炮要排除,等多长时间就要看我和汉民的心情了。

慢慢地胆子也大了,就打起了偷懒的歪主意。一天傍晚,我对汉民说:"咱们能不能像电影里那样放排炮,就是在土里挖条深沟,多埋点炸药,一炮炸它个半边山?"汉民想,不用打炮眼,用锄头挖就行,人也轻松好多,就答应了。

不一会工夫,一条几十米的沟就刨出来了,足足填了几十公斤炸药。

我们担心没压紧，还特地在上面压了几个大石头。点完炮，一声惊天动地的巨响后，我们就回宿舍去了。

第二天早晨，我和汉民还在梦中，就被邓场长的喊声叫醒了。"高立，汉民，你们两个快给我起了！你们险些害得我今天坐牢去了！"我们不知发生了什么事，穿着秋衣秋裤就跑出了房门。邓场长也没让我们再穿衣，拉着我和汉民就走。只听他说，"你们两个搞的好事，把人家几百米远的屋都炸了天大个洞！打死人了哪么得了啊！你们自己去看看！"

走进一户农家，我们一看也吓了一跳。昨天傍晚的那个排炮威力太大了，两块石头，一块打断了屋脊上的横梁落在人家的床上，一块飞进房间把米柜盖打穿。邓场长现场又把我们数落了一顿，要我和汉民停工半天，去写检查，不给工分。

后来我们才搞明白，所谓放排炮是要在山里打洞才能放的，而且炸药量还要精确计算。幸好没出人命，否则我们招工进城可就泡汤了。

这件事之后，邓场长对我们又有些不放心了，时常来看我们放炮。那天我和汉民正在工地上玩，远远看着邓场长来了，便匆忙拿起钢钎和铁锤，在地上打了几个很浅的洞，放了一点点炸药。场长一到，我们就喊放炮。听到几声清脆的响声，场长问："怎么像打枪？没看到炸出土来？"我们扯谎说："报告场长，是炸的岩石炮，声音和土炮不一样。"场长不是很懂，也没看出什么破绽来，就将信将疑地走了，只是一再交代："你们两个别偷懒，别冒险！蠢事搞不得。"

场长一走，我和汉民不知怎么讲起狠来，都说自己的胆子最大。最后两人打赌，放炮点火后，我们都坐在炮位上，谁最后离开谁的胆子就最大。

点火了，我和汉民并排坐在炮位上，表情异常坚定，没有丝毫害怕，但我们都用手捏着导火索。因为根据导火索燃烧的温度移动，我们能知道距爆炸还有多少时间。十几秒钟过去了，导火索"呲呲"燃烧的声音在地上消失，已经燃烧到炮洞里了。我们都知道，导火索再燃烧一米就要爆炸，也就是几秒钟之后，便可把我们炸得没骨头没渣。

说时迟那时快，我们不约而同飞身滚下山坡，刚滚到陡坡下就爆炸了。好在那个地方是个死角，冲击波没伤到我们，只是被散落的土块砸了几个包。从地上爬起来，身上弥漫着硝烟，我们一阵傻笑，握手言和，谁也没有再吹牛皮。

往事如烟，我当知青爆破手已是许多年的事了。回想起来有后怕，也有感谢。

在那样的环境下摸爬滚打，养成了我后来人生路上不怕艰险，勇往直前的品行。

我要感谢知青生活，那些经历供我一生壮胆和享用！

编后：激情爆破的岁月

特殊的历史造就了这批特殊的人群——知识青年，也造就了他们在那个年代里纯真无瑕的激情。激情"爆破"之后，历史仍然静静地向前流淌，漂白了当初那群少年的两鬓，漂成了他们脸上的沧桑。

《1977年，我是知青爆破手》一文道出的这段回忆，再次把我们带回了那段岁月。文章没有任何对大背景的回顾或分析，也未曾渲染苦难和辛酸，而是描述了其担任园艺场爆破手期间的一番番情景，文中所述的生活固然有艰辛和不易，但读来却轻松有趣，更可以感受到作者年少时的顽皮和幼稚。该文作者向我赐稿时，曾向我讲述说，那时候的他年轻气盛，无所畏惧，如今想起来那些冒险安放雷管和炸药的情景，只觉得后怕不已。

这些年来，国内的电视荧屏上，知青题材的影视剧一直都热度不减。这些片子大多也带着和《1977年，我是知青爆破手》相似的"知青情结"。它们饱蘸怀旧的色调，抒写着对过去的缅怀。

我想，与其说这些人是在怀念某个时代，不如说他们是在怀念自己渐行渐远的青春。其实，成千上万名青年一起怀揣着梦想和激情，而后又一起被现实所击碎，这种大起大落，在历史上从来没有过，以后也可能不会再有。因此，从这个意义上说，他们经历了一个独一无二的时代，值得。■黄稣

原载2010年3月5日《凤凰周刊》

妈妈给我的时间

1977年寒冬，一条火热的信息传到了知青点：恢复高考了。

大家的第一反应就是在内心里不断地问自己，能考得起吗？都没读什么书，肚子里有多少货自己心里清楚，但总觉得自己有希望。接下来想的就是，天天开山、挑粪、吃盐菜没有个止境，眼下离开这个鬼地方的机会来了，再怎么难也要拼命抓住这根救命草。再往远处想，越想越兴奋，考起了大学就不得了啊，什么招工、让人羡慕的集体国营工人也不算什么啦，那可是国家包分配的国家干部了！由挑粪记工分的农民一下子变成吃皇粮拿工资的国家干部啊！那阵子，曙光就在前头，命运自己挑选，人人兴奋不已，个个跃跃欲试。

国家当年10月21日公布恢复高考的消息，12月11日就要开考。底子太差，时间太紧，大家丢下锄头，纷纷跑回家急忙翻找那些尘封了好久的课本。

我是在知青点边劳动边复习的，为了掌握时间，妈妈把她的手表给我带着。那时一块手表就像现在谁家有台车一样贵重，要攒很久的钱才买得起，要凭票才买得到。谁的手表被盗了，公安局会当要案侦破；谁偷了手表，抓了就要坐牢。

1977年11月16日，离开考不到一个月了，妈妈托人到知青点，给我送来复习资料并在信中说："关于手表的问题，这几天我像掉了什么东西一样，时间支配我行动，指挥我工作，你拿了去以后，一定要注意保管，时时不要离身，要注意按时（晚九点）开发条，不要开太紧，以免引起故障。千万小心不要遗失，如失了那就要吃家伙，那你爸爸就会讲我骂我，使我在家难受。搞劳动时就戴在裤袋子上面，把表带扣紧。"

妈妈的关心和鼓励让我克服了许多困难，那几十天我是从小学课文复习走的，白天劳动，晚上复习，困了就用冷水洗脸，凌晨4点睡觉。

可惜，"三十壮年猪"，为时已晚。那年全国570万人报考，只录取了27万人。我以1分之差被挤下了独木桥。

从那时起，我就觉得读书、机会和时间对一个人多么重要。

妈妈的那封信我一直保存到现在，陪我当兵、上大学、当记者。每当我遇到困难的时候，我就会想起妈妈给我的温暖和时间，我就会去努力把握自己的机会和命运。

原载2003年6月中国知青网

我是一个兵

1978年12月18日，我怀着满腔热情穿上了军装，从临澧观山知青点走进了军营。

第一次出远门，第一次带红花，第一次坐轮船过洞庭湖，第一次乘火车去北方，第一次引来那么多人的关注和欢送，看着到处张贴的"一人参军，全家光荣"的标语，心里有说不出的激动和喜悦。

一切热闹的场面过后便是严酷的锤炼和摔打。

在长沙上火车，坐的是闷罐车。一节车厢里挤了上百人，都是打开背包席地坐卧，也没有厕所，带兵连长买了一口大缸放在车门边，那就是拉撒的地方。整个车厢就四个小窗口，那滋味、那气味很不好受。

运兵车没有直达，而是走走停停，白天走的少，夜间行车多，有时在偏野的地方一停就是半天。在那个"挤破卵子"的空间里，被压缩和被限制的感觉特别难熬，很多人还没到部队，就有点想下车回家。

吃也不是一日三餐定时定量供应，多半是吃了上餐没下餐。一列运兵车，往往有很多部队的新兵，车到兵站，各个部队的新兵都是跑步下车，去兵站就餐。与其说是去吃饭，不如说是去抢饭。如果去迟了，饭很有可能被别的部队的人抢吃了，那就得饿肚子，这样的事我们遇到过好几次。那些天，很多时候都是吃自己临时买的水果，主要是吃苹果，因为苹果水分少，可以减少拉尿。到后来的几天，远离了米饭的支撑，感觉自己不像人了，好像变成了一个草食动物，找到了猴子的感觉。后来，连长也顾不得斯文了，要求我们下车就跑步前进，不管兵站留给谁的饭，见饭就抢。那种吃饭的场面令人难忘，饭菜全是放在地下的，没有碗筷。大家用自己的缸子当饭碗，用钢笔当筷子，就那么急匆匆地把饭菜塞进肚子里。

我不知道这算不算是一种锻炼。但我现在认为，这样的经历很特别，人在很多情急的时候，是不可能按常规出牌的。比如战争时期，为了夺取阵地，所有的斯文都会撕去。我们本来就是兵，就是时刻准备去拼命的人，抢饭算什么啊！比抢山头、抢阵地舒服多了。

几千里路，不知走了多少天，终于在一个深更半夜停在了我们的目的地——河北元氏的一个山脚下。车外是冰天雪地，部队来接兵的解放牌货车排了一长串，不断听到接兵人员的口令，还有皮靴在雪地里踏出的"吱吱"的响声。

到了新兵连，第一餐吃面条。这对我们南方人来说还不如来餐米饭痛快。可在北方不同了，老兵说这是细粮，是计划供应的，吃面条就是把我们当贵客待，是对我们大大的关照，行的是大礼。果真如此，第二天起一切都变了！天天桌上摆的全是窝窝头，黄黄的，糙糙的，吃在嘴里像嚼木渣，而且吃多了头晕，肚子发糙，又不耐饿。实在受不了，很多新兵就跑到军人服务社去买零食吃。有一天，我和几个老乡悄悄跑出了营房，在附近找到了一家小馆子，准备海吃一顿，一问，没有猪肉，只有凉拌驴肉。长这么大就没有吃过驴肉，那是什么味啊，真的很难咽下，只好弃之离去。

变的远不止这些，还有班长、排长、连长的脸。一个个原来看起来很憨厚的脸，如今像铁板一样板着，硬邦邦，没有一点和蔼的颜色，好像一切都是铁面无私，没有情面可讲。

变的还有眼睛。他们用眼睛审视队列里的每一个战士，那眼光像射出的两把剑，仿佛要把你的心底射穿；又像是两道闪电，你如果此刻感到身体软绵绵的，那会立刻让你抖擞精神。

变的还有嗓门。在操场上，冲着我们发出的口令总是粗门大嗓，干净利索。立正、稍息的口令喊得山响，很有火药味，好像我们和他有仇，欠他家里八辈子陈大麦似的。

变的还有心。像一个正步走的动作没做好，他就要命令你做分解动作，让你迈出的脚步高高抬起，久久不能落地。这种"金鸡独立"的分解动作，折磨得我们常常是腿肚子打战，肌肉酸痛；零下十几度让我们站在操场上，也不准将棉帽打下护住耳朵，任冰雪把我们的脸啊耳朵啊冻得青红紫绿；明知前面是一汪水，还让我们齐步朝水中走去；明知前面是一片泥泞，却要我们匍匐前进；明知我们半夜里搞过一次紧急集合，完成了一次10公里急行军，回来后刚刚睡下，连里又吹响了紧急集合的哨声，又命令我们三分钟之内起床，打好背包，去操场上列队，去追赶快要升起来的太阳……

几十天新兵连的训练下来，我慢慢懂得了一个军人必备的要素。目光有神，脊梁挺直，雷厉风行，英勇顽强，不怕牺牲，这些军人气息渐渐左右我的言谈举止，给我以后的人生注入了阳刚之气。

原载2015年8月1日《常德日报》

最后的父亲

2008年2月14日深夜，我在为一个同事的母亲守灵，忽然接到妹夫从百里之外打来的电话，告知父亲病情恶化，要我随时保持联系。我忐忑不安回家睡下时已是凌晨1点多了，想到家父在病中煎熬，我怎么也无法入眠。果然，凌晨2点多钟，我的手机骤然响起，我的心顿时一紧，接到的是父亲病危速归的电话。我迅速披衣起床，带着沉重焦急的心情就往外跑……

一路上，我不断提醒自己克制情绪，控制车速。尽管心情悲痛，但一定要头脑清醒。车灯在漆黑的夜里划出一道明亮的隧道，我在黑暗中穿行，也在痛苦中穿过。我仿佛看到父亲正被黑暗吞噬，我拼命追赶父亲的生命，但总感到我的手再长也拉不到父亲的手，我跑得再快也赶不上父亲快要飘走的灵魂。

在这个漆黑的夜晚，我独自一人赶路去看即将失去的父亲，我顿感人生的路啊怎么这样凄苦，好像人们奔忙的结果就是去和亲人诀别！此刻，我感到一种无边的悲伤和孤独！车在飞速前行，我的眼泪也在哗哗地流淌……

想起2007年4月25日的夜晚，妈妈去世前，也是我一个人开车前往，也是一路的悲伤和孤独！也是泪洒回家的路途！前后还没有一年的时间，妈妈离去的悲痛还在心头萦绕，爸爸又要和我们永别。生命啊，为什么这样短暂？父母刚刚从艰辛中直起腰来，享受人生的美好，而生命却就要凋谢。上帝啊，为什么这样残酷？既然是血肉至亲，为何又要眼睁睁地生离死别！

这一年啊，我在悲情中穿梭。我感觉自己太无能，父母病重我减轻不了他们的痛苦，更无法挽留他们的生命。父母给我们生命，我们却只能看着父母痛苦地离去，这是儿女们永远的失败和无奈啊！

沿途几次接到妹夫的电话，问我到了哪里，还能听到妹妹在旁边的叮嘱："要他开慢点，不要急。"从这些气息里我知道父亲的生命已进入了临终状态，他们在焦急地等着我回家，希望我和父亲能够见上最后一面！

车刚到屋门口，就能看到家里的灯光，隐约听到里面走动的声响，这些和四周宁静的夜晚形成强烈的反差，一阵感伤的情绪立马弥漫在我的心头。

扑向父亲的床头，父亲已是奄奄一息。我一手握住父亲的手，一手摸着父亲的头，连声呼唤："爸爸，我来看你了！爸爸！"任凭我怎样叫喊和抚摸，父亲只是艰难地呼吸。望着命悬一线的父亲，我的泪水禁不住刷刷地滴落，我还想匍在父亲的耳边说句话，可声音沙哑，再也说不出话来……

尽管我们知道81岁的父亲瘫痪8年，生命体征频频告急，已没有挽回生命的余地，但我们还是执意送父亲去医院抢救。我们只是想让父亲离开人世时减少一些痛苦，保留临终前的尊严。

凌晨4点15分，父亲被送进了医院，紧张地急救之后，父亲的病情似乎趋于平稳。就在我们刚刚松一口气，准备安排轮流值守时，父亲的呼吸突然变得微弱，死神再一次缠在他的身上，就要带他去天国的路上。

慢慢地，父亲的呼吸停止了，但监护仪上还能看到微弱的心跳；慢慢地，心跳也变成了一条静止的直线。父亲就这样在我们呼唤、挽留的泪水中，画上了他人生最后的句号。

父亲咽下最后一口气时，嘴微微张开。我知道，他是舍不得离开我们！他最后闭眼的时刻，他十分牵挂的大儿子还在千里之外的回家路上……他病得太久了，他耗尽了最后的顽强！他要走了，他仍然担心我们在这个世上的衣食冷暖，他放不下我们啊……

父亲走了，走出了病痛的折磨，去另一个世界找妈妈去了。我们哭了，哭恩重如山的父亲，在春天来临的早晨，就这么悄然地、永远地离开了我们！

我的心再也没有雨伞遮挡

　　去年的清明节，是妈妈去世后的第一个清明节；今年的清明节，又是爸爸去世后的第一个清明节……这两年啊，我思念的天空，天天下着清明雨。我怀念的梦里，夜夜流着清明泪。悲情和伤感就像原野上勃勃疯长的春草，在我心的地平线上一望无际。

　　记得妈妈走之前已经说不出话来，她就用手紧紧地抓住我的手，我从妈妈的手里读懂了她的话语。妈妈是在告诉我，她不想走，不想离开我们！她害怕一个人走在另一个世界的路上，她害怕这一去就永远找不到回家的路程……

　　可是，我把妈妈的手抓得再紧，也没能让妈妈在这个世界上多停留一刻！

　　那天下半夜，妈妈的生命已经走到了尾声，她的手再也没有力气也没有了任何反应。我伏在的妈妈的身边，抱着妈妈的头放声痛哭，我无奈地在妈妈耳边哭喊："妈妈，我晓得你不想离开我们，我晓得你很害怕，我晓得你很痛苦啊，只怪儿子太没用了，儿救不了你啊……妈妈，我该怎么办啊……"见我这样，护工姚姐赶忙拉开了我，她说："你别哭，不然妈妈会走得更伤心。"我一直相信，妈妈听到了我无奈的哭喊，我分明看到妈妈借着艰难微弱的呼吸在点头。这也是妈妈在这个世界上，留给我的最后的回应信号。

妈妈是个重礼节的人，在她人生的最后一个春节里，她不停地给她的一些老朋友打电话拜年，而且说几句就哭。她总是说自己这次不行了，要走了。

妈妈真的是预感到了自己生命终点的时日。因为，妈妈从来都是笑对疾病，非常乐观的。我现在真的很后悔，不该在妈妈打电话向老朋友哭诉时怨她，还总是说："不要紧的，你的病会好的。"可我哪里知道，春节过后妈妈就住进了医院，就再也没有回来……

有天晚上，妈妈把我叫到她的床头对我说，她的同事某某去世后，丧事办得很热闹，好多老同志都去凭吊了，他的儿子后来都一一上门感谢人家。还说，她和爸爸的生平她都写在了一个本子上，放在柜子里的，要我拿出来看看写的怎么样。

我知道，妈妈是想和我谈他们的后事，希望儿女把父母的后事办得体面些，不要让人家看不起。我说，在生谈后事没有什么不吉利的，你有什么想法只管说。过去皇帝不是在位就修陵墓吗？后事准备得早，人的寿命越长，吉利。那夜，我和妈妈敞开谈了很多。第二天妈妈告诉我，她一夜没有睡着，说她想了很多。后来想起这件事我也有点后悔，我为什么要那么直接和妈妈谈后事啊？对我来说是事情的安排和准备，对妈妈可是生离死别啊，我心里轻松，妈妈的心情该有多沉重啊！

妈妈为人处世看重别人对自己的口碑，平时也非常注重自己的形象和行为。妈妈弥留之际，我知道她很想了解我给她写的祭文内容和对她后事的安排。于是，我就在她耳边把祭文的主要内容背给她听，我还说给她写了副对联："为人善良世上最美的是娘，做事勤劳天下最好的是妈。"妈妈边听边会心地笑了，说我写的蛮好。

妈妈走后还不到一年，爸爸也离开了人世。

于是，清明节成了我冒雨行走的季节，清明雨成了我心灵哭泣的泪水。

走在清明的路上，我的心，再也没有雨伞遮挡，再也没有晴朗的天空。

2008年清明节

不朽的怀念

清明的雨，总是那么凄冷缠绵，那么淅淅沥沥，就像我们失去了父母而冷落的心，就像我们思念的眼角，总有流不尽的泪……

清明，我们在雨里哭泣，就像鱼儿在水里流泪，天也悲伤，地也悲伤，水也悲伤。

站在清明的风雨里，肃立在父母的墓碑前，我们把头深深低垂！

一鞠躬！父母之恩重如山，养育之情还不完！

二鞠躬！朝思爹来夜想娘，年年清明哭断肠！

三鞠躬！天堂路远多保重，儿女牵挂在心中！

鞭炮响了，那是我们的呼唤，爸爸妈妈，你们听到了吗？

香烛燃了，那是我们的祈祷，爸爸妈妈，你们看到了吗？

纸钱飞了，那是我们的寄托，爸爸妈妈，你们收到了吗？

风吹进了我们的心里，雨打湿了我们的思绪。爸爸妈妈啊，三年了，终于到了立碑的日子，终于在你们的坟前有了一个守望的思念。

今天，我们来到你们的墓前，看到你们的墓碑，我们好像看到了你们居住的大门。

这是一扇多么厚重的大门啊，关闭了所有瞭望，断绝了一切往来，我们看不到你们日子的冷暖，看不到你们生活的炊烟，看不到你们熟悉的容颜！

这是一扇多么沉重的大门啊，无论怎么拍打、抚摸、呼喊，就是听不到你们的回声，在这扇门的背后不通电、不通邮、不通路，壁垒森严的阻隔比岩石还要坚硬，我们徘徊在墓前的心啊，常常被悲情撞得粉碎！我们只有将所有的思念烧成纸灰，点成香烛，寄托我们的怀念。

这是一扇多么凝重的大门啊，曾经和蔼可亲的爸爸妈妈，如今却成了写在墓碑上两个冰冰冷冷的名字！一生的奋斗和进取，为儿为女勤劳苦做，积积攒攒，省吃俭用，到头来却空手而去，就像清明的烟雨，来去无痕。如今，这个世界上属于你们的就只有这块墓碑了，你们的身世，你们的财产，你们的亲情全写在上面，成了你们留在人间的唯一名片。

爸爸妈妈，你们的慈爱如春晖哺育我们一生，你们的善德如太阳照亮我们前行，你们的恩情天大地大，无边无际，这块石碑承载不下我们想表达的语言。倘若可以，我们要以大地为碑，才能篆刻你们的养育之恩，要在蓝天行文，才能铭刻你们的美德善行。

在这块碑上，我们看到了爸爸当年走过艰难困苦的坚毅，看到妈妈对儿女坚定无私的慈爱。

爸爸妈妈，从今这块墓碑就永远站立在你们身旁，就像哨兵守卫着我们不朽的怀念！墓碑上铭刻的文字，深深记录着你们的恩德，岁月会让你们的子子孙孙铭记，他们的根就长眠在这里！我们的思念就镂刻在这里！

2009年清明节

妈妈走了，我的天就塌了……

妈妈，要是你还在世，今天81岁。以现在的医疗条件，活到81岁不是一件稀奇事，但是，你只走到74岁，就到了生命的尽头。屈指一算，你离开我们已经7年，在儿女的眼里，这一笔天塌地陷的损失，金山银海也无法弥补！

妈妈，你原本可以在这个世界多停留一些时日，本可以再多享受几年苦难之后的欢乐。可是，你却把自己的生命提前透支给了我们。在你年轻的时候，这个国家苦难滋生，人们享受生活都是以折磨生命指数为代价。你为生计、为工作、为儿女日夜奔波，不知翻过多少山，涉过多少水，受过多少累。那些牛马不如的日子，已经在悄悄夺去你生命的余数。我记得4岁时，经常看到你胃疼。有一次，你疼得在床上翻滚，头发凌乱，大汗淋漓；你曾告诉我，有一天，你要赶往乡下，半夜涉水过河，被竹签刺穿腹部，没有条件医治，伤口感染了好多天，落下了后遗症；女儿吃穿、上学、管教都由你操心。你去世后，我们才发现你保存的一些细节。哥哥1978年考取大学，在山西太原读书几年，你按时给他寄生活费、学费、零花钱，没迟过一天，没少过一分；每次给他寄干菜的包裹，都是你一针一线缝到深夜；几十年过去了，这些汇单存根你一张不落保存着，并且从不让我们看到。我知道，你保存的是父母的心血和希望，也是一份母爱。尽管这些存根已经发黄，但那是一个时代、一个家庭、一个人成长的见证。望着这一份被时光封存的亲情，我和妹妹见了泪如泉涌……我们没有将它丢弃，而是当作一份遗产继续保存。

妈妈，你还记得吗？51年前的三八妇女节，你坐在千人会场的台上，我在会场里捡烟头。那天我根本不知道你坐在台上，我就跑进了会场。我站在一个吸烟人的身边，等他将抽烟完，这一切，都是为了捡到他将要扔在地上的那个烟头。那时，我们家好困难，我如果将捡到的烟头弄成烟丝晒干，一斤可以卖5分钱。可是，我寒酸的样子，却让妈妈在千人百众前很没面子。但我更知道，儿子的这种行为深深刺痛了一个母亲的心，哪一个母亲愿意看到自己的孩子，拿自己的尊严去守候一个烟头？若干年后，当我在一篇文章里提及此事，妈妈都不忍心回首，总觉得那是对孩子的一种亏欠，一定要我删去。

妈妈，我永远也不会认为那是你对我的亏欠！相反，我亏欠你的太多太多。上一年级的一个晚上，我挨着妈妈睡觉，半夜，我从妈妈的钱包里偷了5元钱。第二天，我去上学的路上用钱买零食，被商店营业员扣留。因为那时5元钱相当现在500元吧，一个孩子拿这么大的钱一定有问题，于是，营业员问了妈妈的姓名，最后通知妈妈来把我领回家。妈妈，我的行为很不光彩，是我让你在大街上很丢面子！还有一个暑假，我在街上卖冰棒，一个人用粮票买我冰棒，还骗我说，拿粮票去银行可以兑换更多的钱。卖完冰棒，我拿着几斤粮票去银行换钱，结果人家以为我偷来的，将我滞留，逼问妈妈的姓名和单位，后来又是妈妈从银行把我领回家。那场面很狼狈，很无奈。妈妈回去打了我一个耳光，但我看见，手还没打在我脸上，妈妈的眼泪早出来了……

妈妈，40年前的一天，我初中毕业。那天我去照相馆拍毕业照，你在街上看到瘦小的我，见我脸色苍白，把我喊在身旁，你在墙上顺手撕下红纸海报的一角，用舌头在纸上舔了舔，然后在我的脸上抹出了两片红润。至今，那张毕业照我一直保存，那脸上的红光，仿佛妈妈温暖的心和殷切的期盼。

妈妈，今天是你的生日，所有的思念都涌在了我的心头。可我只能在追忆的烛光里，看到你慈祥的脸，只能在伤心的泪光里，看到你远去的背影！

妈妈，你走了，我的天就塌了……

原载2015年4月5日《常德日报》

他是生命树上最甜美的果实

　　那天夜里，哥哥从桃花源打来电话告诉我，姑父去世了。听到这个消息，我感觉生命里好像忽然少了一个支撑点。42年前，我和妹妹在桃花源度过了两年少儿时光，姑父一家人在他们最困难的时候，给我们兄妹的关爱让我一生感恩在心，此时，姑父的离去像一把刀子从我心上划过……

　　姑父在陶渊明笔下的桃花源耕耘了87年泥土岁月，他离开人世的时候，天气特别寒冷。那天，老天爷好像要给他盖棺定论，下了一场大雪，整个天地变得一干二净，如同姑父的一生清清白白；又像是要为他致哀，滚滚红尘，清冷肃穆，千鸟飞绝，只有凄凉的风在田野上穿行，那声音一阵阵悲鸣……

　　表嫂告诉我，姑父走的时候没有任何征兆，他没有惊动任何人，没有麻烦医生抢救，没有让亲人焦急，就那么静悄悄地走了。我知道，他是无疾而终，是离开人世最安详的方式。姑父一生就是一个普普通通的农民，他的地位从来就没有高过田坎，但他在田间山野，活得健康，去得坦然。

这是很多权贵达人梦寐以求，却难得达到的善始善终的境界。姑父完美了人生意义的超脱，这是上帝对一个诚实农民最好的补偿。

姑父住在桃花源水溪，他几乎一辈子没有离开桃花源的山水。他家后山就是世人追求的桃花仙境，就是与世隔绝的秦人村寨；他家门前就是日夜奔涌的潺潺溪流，还有让他一年四季任劳任怨的广阔水田；他家屋后就是峻岭，一眼望去，树木就在头顶和屋顶上茂盛，大山挤出来的泉水直接流进他家的水缸里。

姑父一生远离喧嚣，远离灯红酒绿，他面对的就是桑田、桃林和云天。但是，他饮用的水，他吃到的大米和小菜，他居住的魏晋乐土，他呼吸的清新空气是都市人望尘莫及的。因为，城里人花再多的钱也买不到桃花流水，蓝天白云，享受不到"采菊东篱下，悠然见南山"的人与自然的融洽。

姑父健康长寿，不是金钱、名誉、社会地位给予的，而是他亲近自然、热爱自然、守护自然的必然回报。人们忙碌在世，为钱累、为名扰、为权恼，没有让自己过几天舒心安静的日子。人们朝夕奔波，省吃俭用，废寝忘食，不就是为了吃得好、住得好、身体好吗？无奈的是，越是在名利场上拼杀，我们得到的越少，失去的越多。真正回过头来看看，有哪个比我的姑父幸福、充实和生活得更惬意呢？他虽然辛劳一辈子，但没有让烦恼困扰。这个世界上，钱能买到昂贵的珠宝，但买不到健康时光。地位能让人出尽风头，却不能让人心静如水，长寿常乐。

姑父就像那屋前的溪流，不停地流淌，是那样地富有生命力；姑父也像田地边的那片桃林，扎根大地，向往云天，朝夕和清风交谈，与鸟儿为伴；姑父还像那山里的翠竹，总是很有气节地生活着，尽管默默无闻，但他不向名利弯腰，不向权贵低头，不向命运妥协，种好那一亩三分地就是他最大的快乐。他是田土的守望者，他是山水的守护神，他是生命树上最甜美的果实。

尽管没有呼风唤雨的豪迈人生，没有惊天动地的波澜岁月，但他的一生上对得起苍天，下对得起大地。姑父出葬的那天，路上到处是厚厚的积雪，那是老天为他铺下的通往天堂的地毯；所有的树木银装素裹，那是森林为他披上的孝衣；屋檐下绵绵不断的水滴，那是这个世上对他真诚挽留的声音。这一切，是大自然为他举行的最高葬礼！

是啊，像姑父一样，在桃花源做一个真实的普通人多好啊！天不欺，地不欺，平静地来，安然地去……

原载线装书局《2013年全国散文精选》

（获2013年全国散文征文一等奖）

路岩的穷途末路

路岩是唐朝宰相，36岁出人头地，45岁人头落地！

路岩从势动天下到身败名裂，仅10年光景耍完生死两极，其上天入地的跌宕人生值得调研。

现在省部级干部中36岁的官员几乎没有，唐朝的路岩36岁居然混到了国家总理级的高位，可见一千多年前，唐朝干部的年轻化似乎有两把刷子。

路岩是山东冠县人，从京城西安到冠县1500里山水，他走出了一条阳关道，也踏上了一条不归路。

他家族兴旺，根红苗正，父亲路群是朝廷高官，而且口碑很好，善始善终。路岩算得上是个纯种的高干子弟，他如果胸无大志，当个二流子也有的是银子和妹子供他消遣。

得道得势的人有条件聪明，路家长辈路群、路庠两兄弟都是进士出身，到路岩、路岳两弟兄也是考中进士。古代的科举考试特别严厉，监管可能比现在的高考还密不透风，没有拳击、奥赛、三好学生加分那一套，考上那玩意儿可能是真本事。

光有才还不行，朝廷选官还要帅。路岩恰好风流倜傥，标准超男。

一切都好像是上帝的精心导演，让路岩生在有权有势的家庭，有一个好用的脑瓜子，一副英俊的好模样。于是，路岩粉墨登场，开始了他从喜剧到悲剧的演绎。

人的好运来了门板都挡不住，尿屙在地上都淋得出金子。路岩呼风唤雨的时候，一人之下万人之上，皇帝只管享受，一切朝政大纲都由他拍板。除了皇帝之外，他要谁死，谁敢不死？他要谁亡，谁不得不亡！他可以翻手为云，覆手为雨，大唐王朝的天下他一走就是一条浪。

拍他马屁，跟他抬轿的人鸡犬升天，党政部门尽是他的同志加兄弟。路岩有个亲信叫边咸，是个军区的副司令员，有个陈县长给皇上说："只要陛下没收边咸一家的财产，就足以供应军队两年的薪饷和粮食。"皇上白眼珠子一翻，意思是说路岩的人你也敢举报，这不是挖吾皇的墙角吗？龙颜动怒了，可怜的陈县长一下被流放到万水千山之外的爱州（今越南清化市）劳动改造。

路岩红得发紫的时候，宰相级的人物就让他拍死了好几个。他还给皇帝出阴招，让朝廷规定，今后凡国家副总理级的人物在外地赐死，使者必须割下其喉结拿回来当作凭据。宰相杨收就是被路岩拿来开刀先例，赐死外地，喉结就被剁下了一节。

人若是很快达到显贵，便是不祥之兆。一些城府很深的人，早就预感到路岩少年得志是件惨事。路岩进京当官前是扬州军区司令员崔铉的手下，相当于后勤部长。崔铉看出路岩将来一定会大富大贵，后来路岩进入中央核心掌权，崔铉还在原地为官，他听到消息就说："路岩这么年轻就到了高官，怎么活得到老！"可惜，那时的路岩意气风发，春风得意，根本就没心思想这些问题。宠辱之间仅有一纸之隔，就是打死他也不会相信！因为，此时的他大权在握，势不可当。每天莺歌燕舞，把酒干杯，玩弄权术和消费美女是他的第一要务，谁和他唱反调谁就有不祥之兆！

物质享受到了极致，灾难就会生发。与路岩同朝的官员西门李玄，有一天看到皇帝给音乐家李可及赏赐大量贵重物件，以致必须用皇家车辆运送，他就对李可及说："等有一天你被抄家，又要用皇家车辆运回，这不是赏赐，只是辛苦了牛腿！"仅仅6年之后，李可及就噩运当头，流放岭南，家产充公，妻子儿女被人当牲口收拾，果然应了西门李玄的预言。这些眼前赤裸的悲剧，路岩视而不见，他照样在官场上张扬，在生活上铺张。他也许认为，千金散尽，妻离子散那是别人的噩梦，永远不会在自己身上出现。谁要是离开了他的权力笼罩，那才是悲剧！这个世界要是没有了他的掌控，天下才会发生灾难！

哪知风水急转直下，皇帝李漼的性命，不是天天喊的万岁万岁万万岁，而是41岁就土崩瓦解了。12岁的李儇当上了娃娃皇帝，朝政由他身边的亲信拿捏，路岩大权旁落。

宫廷开始走马换将，路岩昔日断人家财路，毁人家前途，砍人家头颅的一笔笔血账，政敌和仇家都把清算的目光盯在了他的头上。

不出100天，乌云就为路岩铺好了末路，闪电为他的荣华画上句号，雷霆宣告了他的末日。路岩阳光灿烂的日子自此从天上滑落粪坑，他接到圣旨：贬出京城，前往巴蜀。

离开京城前夕，路岩忧心忡忡。曾经得罪过那么多人，做了那么多没留后路的坏事，如今成了丧家之犬，他担心还没走出井市，就会被人捶死。于是，路岩找到西安市长薛能说："我出京城时只怕有人会用瓦砾向我饯行啊！你要派人护送我才行。"

薛能是路岩一手提拔的哥们，他以为薛能还会护着他这堵墙，关键时刻还他一个人情。没想到薛能听完后翻脸不认人，像他当年一样打着官腔说："像你这样有问题的人出城，没有派首都特警护卫的先例啊！"

当初像狗一样围着他乞怜摇尾的人，如今是这等胎气回报，路岩气得吐血！留给他的只是贵贱落差、世态炎凉、人心难测的感叹。

路岩离京那天，果然在路上被人用砖头瓦渣欢送得狼狈不堪。好在他早有防备，脑袋才没有开花。

才过60天，路岩又接到圣旨，再贬为新州州长（今广东省新兴县）。

大概30天后，一道更惨的圣旨又来了，此时路岩正在贬往新州的路上，还只走到江陵（今湖北省江陵县），圣旨曰：撤销路岩一切职务，永远流放海南岛。这样，路岩就在江陵进了牢房，才关押了两天两夜，原来无限风光的美男子，正当壮年的路岩转眼头发胡子全白了。

享尽了接二连三的荣华富贵，引来了接二连三的物极必反。踩着别人风光，一旦自己倒台，就会被复仇的人踩成肉饼。这次路岩的厄运来得更快，算计他的仇人们争分夺秒，路岩的性命日薄西山。

仅仅只隔几天，朝廷又发来新的命令，这一诏曰：路岩立即从地球上永远消失，家庭财产统统充公。可怜他的亲人也受株连，妻子儿女罚没为奴，任人宰割，猪狗不如。

路岩死得也很讽刺。他被处死的床，正是5年前他迫害杨收被处死的床。他出的歪主意，死后要割下三寸喉管，拿回京城汇报。这下轮到他自作自受，脖子上也被人像杀猪一样，挖了个大洞，也享受了同等待遇。

凝视路岩无限风光和一落千丈的人生之路，雪芹同志在清朝发表了重要讲话：为官的，家业凋零；富贵的，金银散尽；有恩的，死里逃生；无情的，分明报应；欠命的，命已还，欠泪的，泪已尽……

路岩的路，古往今来一直有很多角色重复，剧情虽然不尽相同，但剧终都是一样——短暂的辉煌，不可一世的张狂，换来的却是头破血流，家破人亡！

2012年4月于河南洛阳

火车啊，你慢些走……

再过几天，青藏铁路就要通车了！

7月1日，成千上万的人要涌进西藏。青藏高原一定是锣鼓喧天，彩旗飘扬，汽笛、礼炮响彻云霄。

那些与世隔绝的鸟啊兽啊，从未见过这等场合，以为天崩地裂了，恐怕早已吓得飞跑大遁！还有冰川啊云朵啊，随着人山人海释放的废气废水和丢弃的五颜六色的垃圾，她们的世界改变了颜色，她们从今以后会不会失去纯洁？

天高路远，以往人们望尘莫及的雪域高原，从此就要被世人当作手上的一朵花儿，恣意地翻来覆去看个够，玩个够了。

据预测，青藏铁路每年将给西藏拉客80万人，势必会赚取大大的钞票。今后，火车进藏更要多拉快跑，加上飞机、汽车马不停蹄，来世界屋脊吐故纳新，改天换地的人丁，将会迅速增加至一二百万。

环境专家警告我们，青藏高原大多是无人的雪山、冰川、高山、荒漠、草地，生态环境极其脆弱，一旦某一环节被破坏或中断，往往要相当长的年代才能修复，或许永远无法复原。还有，这里是长江、黄河、澜沧江、印度河、雅鲁藏布江水系的源头和上游，也是影响大气环流的重要因素。对青藏高原的任何污染，都会给人类造成灾难性的后果。

人们为何这样热衷于向大自然挑战？连自己的屋脊也要去捅。这块纯洁的处女地，难道留给子孙后代不好吗？

2002年8月，我去西藏采访援藏干部，最远到过山南地区的错那县勒乡中印边界。这里山高路险，森林茂密，一路走过，春夏秋冬都要经过。由于海拔落差从5000多米陡降至100多米，此地易进不易出。这里居住着门巴族人，一个乡的面积比内地一个县还要大，而全乡人口却只有108人。在一条溪水边，我看到了现代文明给当地人带去的啤酒瓶和塑料袋，这些东西变成垃圾后，可能永远无人也无法去清除。当雪山纯洁的水从这些垃圾旁流过时，就像清纯的少女，还未出闺就已被玷污！

此刻，我在想，铁路通了，如果人们成群结队来极地观光消遣、经商办厂，青藏高原将会堆起高高的垃圾，飘起怪怪的气味，流淌黑黑的污水。那时，人类屋脊再也不是雪山蓝天，而是像虾子一样，脑壳上顶的是一坨屎！

青藏高原不需要熙熙攘攘，金山银山。请不要惊扰它亿万年的梦境，那里是人类的向往，是生命的高原。

火车进藏的汽笛就要拉响了！

但愿这是一趟驶向人类与自然和谐的文明列车！

2006年6月28日

齐达内：迎头痛击的谢幕

今天凌晨，世界杯决赛即将闭幕的最后10分钟，突然出现了让全世界目瞪口呆的一幕：齐达内猛然转身，迎头撞向马特拉齐的胸口，将这个1米93的大个子顶翻在地。

齐达内被红牌罚出场外！那一刻，就像足球场忽然塌陷了一样，让数以亿计的球迷不可思议！震惊不已！

这是一场齐达内的告别赛，就在他即将为自己的足球生涯，画上完美句号的最后10分钟，他的迎头痛击，断送了法国队的冠军梦，砸碎了所有人为他等待的美满结局。这突如其来的变故，让许多人为他感到惋惜、惆怅和哀怨！

再伟大的人物也有个性，也有过失。齐达内是人不是神，他没有圆满谢幕，正是他的性格在关键时候的另一种张扬。齐达内首先属于他自己，他必须为自己的尊严而活着，尽管只有10分钟就会换来一生的圆满，但他还是把他的优美变成丑陋展现给了世人。他终于在足球生涯的最后一刻，把自己从球神还原成了凡人!

齐达内谢幕染红,但热爱他的球迷没有脸红。他用神奇的头进球时,是天使。而用头来撞人时,便成了魔鬼。好在他那颗像足球的头颅,绝大多数的时候,都在为我们演绎足球的美妙和神奇。他的脑袋偶尔偏离一下方向,球迷们没有理由责怪。

意大利夺冠了。马特拉齐在欢呼胜利后,他再摸摸胸口,一定还会隐隐作痛。可能不是肌体的疼痛,而是良心的折磨!赛后网络调查显示:76%的人认为:马特拉齐使诈,用恶语挑衅齐达内。

从竞赛规则上讲,齐达内以头击胸犯规,是一个球星不应该犯的低级错误。从体育道德上看,马特拉齐并不光彩,靠小聪明使奸耍滑,是雕虫小技,为世人所不齿。

法国队失利了,齐达内远离了领奖台。但法国却把他们的头像,高挂在巴黎的凯旋门,人们投向他们的是敬仰和欢呼。

决战已分出胜负,英雄已渐渐远去。

今天,人们谈论最多的似乎不是胜利者,而是失利者。看来,齐达内的谢幕,失去了完美,也赢得了人心。

世界杯!

世界碑!

2006年7月世界杯之夜

排队，不能排得没有尊严

上海世博园值得一看，但不是你想看就看的。也不会让你白看，也不会让你看了没得感叹！

有的人，一生跑遍了世界上所有的国家和地区，而我们在世博园，所有国家和地区的展馆都跑不完，是我们征服世界的意志差，还是我们占有世界的运气差？

在世博园，你可以把一生的队排完。进园要排队、进馆要排队、进食要排队、进厕要排队，只有进110不排队，进120排不排队还不一定。

在人山人海的队伍里，想想自己像一株草排在那里，等着队伍慢慢地移动，陡然觉得排队很悲哀。排队是很文明，但我们是在为粗放的不人性化的管理水平排队。我们没有混出个人模狗样来，我们自己掏钱买票，给世博园送钱还要排队，还要张开手让人在身上反复探查，不然就要说你不文明，就要抓你进号子。

你来到世博园门前，你首先就像个嫌疑犯，大多数人似乎就是少数人眼里的恐怖分子。安检要把你像对待本·拉登一样，给你全身安全扫描你才能进门，好像我们不是国家的主人，不是良民，安检把我们个个作为怀疑对象，好像人人都是亡命之徒，每个人都会图谋不轨，我们身上的每一粒扣子，每一个硬币都藏有炸药。如此庞大的安检设备和人员，在上千万的参观者中不知发现了多少恐怖分子？有必要像乘坐飞机一样安检吗？那些临时找来的安检人员，他们有权在大众身上搜来搜去吗？他们有检查证、资格证、搜查证吗？

进馆也要排队，尤其是去一些发达国家的国家馆，时间长的排队5个小时以上，生命就这样等的花儿也谢了，也是世博长龙一绝，在世界排队史上恐怕不说绝后，起码也是空前。在这里，花钱买票要排队，进馆也要排队。当然，也有贵宾通道，但那都是给不花钱不买票不排队的人留的门。而且厉害的贵宾，还有人排队欢迎他们不买票不排队来观摩世博会。

排队不是慢慢走动的排队，而是挤牙膏式的排队。每次放行一群人，再等半小时才放行下一拨人。那个看管千万人排队进去的人，就凭他的兴趣来放行，假如他正在接女朋友的热线电话，那排队的千人百众就遭殃了，我们就是他手里的牙膏，他想什么时候挤一下，我们的队伍才能动一下了。这就是权力和规矩，一种缺乏以人为本和公平环境的文明。

人多需要自动排队，文明需要物质和精神环境的对等。人气旺不等于我们的等待不值钱。排队，不能排的没有尊严。

我爱你，金碧辉煌的国家馆，但我更珍爱自己的尊严！

2010年9月于上海

生命的终极

　　人类科学发展惊人，特别是近代，可以说是日新月异，一日千里。科学的发展推动了社会的发展，加速了地球资源的开放和利用，为人类提供了舒适的生活和快捷的工作节奏。当然，人类在享受科技成果带来的福祉时，科技的反面，也加快了人类对地球环境资源的掠夺和破坏。科技像一列高速列车，载人类穿山过海，历尽美好风光。但是，这个世界上没有永远奔驰的极速列车，没有永远的美景，列车的尽头是无尽的深渊。

　　战争让人们研发出了飞机、大炮、坦克，还有生化武器和核武器，仅原子弹这东西就足以让我们的地球毁灭若干次；工业让地球上出现了无数的机器，那快速奔跑的汽车、火车、飞机和轮船，每天不知要烧毁多少亿万万吨石油，忙得石油工人不停地找地球放血，如果烧掉的是水，恐怕也有枯竭的一天吧？人们向往大都市，因为没有森林而有高大的楼市，因为没有羊肠小道，而有宽阔的马路，因为没有点点渔火，而有日夜闪烁的霓虹灯。人类每多一重享受和奢侈，地球上的环境和资源就会早一秒钟毁灭。

　　站在宏观宇宙的角度看，人也好，地球也好，宇宙也好，终有自然消亡的一刻。地球的消亡有几种可能，一种是地球自毁；一种是被其他星体撞毁；一种是人毁。以人类现在对地球的威胁程度来看，地球自然消亡的可能性大为减少，它很有可能毁于人类的某次战争或核事故，再不就是资源的枯竭和环境的恶化，使地球成为废球、破球、死球。

　　人类要灭亡、地球要灭亡、宇宙要灭亡！假如一个人拥有了他想得到的财富地位、江山美人，他的寿命难道会超过地球？就算科学发达得不可想象，让人活到上百、上千、上万，甚至上亿岁；就算能移居到别的星球去生存，但宇宙终结的那一刻，会把这些统统地一网打尽，击得粉碎。再大的星系，所有的过去和未来，一切的存在都将归于死寂。

　　世界要破灭，时间要虚无。多么可怕啊，让人不寒而栗！那个时候宇宙在哪里？地球在哪里？人类在哪里？你我又在哪里啊？时间会重新出现，一切会再来吗？

　　唉，现实多么美好，活在生命的时间里多么可贵和偶然。其实，人的一生中干了什么、得到了什么都不重要，重要的是你能活在这个世上就是一个奇迹，你能清楚终结意味着什么而警醒自己就是一种明智。

　　如果地球的寿命有所延长，也许人类的科学技术会创造很多奇迹。人类的生存形式会逐渐发生根本性的变化，当发展到一定程度的时候，那时的人就只有灵魂而没有了躯壳。那时的"人类"不需要食物，也没有性爱。意识就是人的行动，意识的速度比光速快，想到即到。那时，人类在星际穿梭可成为现实。生命的长度，也可以和宇宙等量齐观。

　　这是人类真正的春天！人们不仅没有国界约束，甚至星际旅行都没有了障碍。人不需要吃穿住行了，就不会去占有，没有了城市，没有了货币，没有了争夺，也就没有国家存在的必要。人没有了性爱，也就没有了家庭，人不再生活在喜怒哀乐的感情世界里，什么江山美人，什么荣华富贵，什么金钱地位统统丧失了存在的基础。

那时的人们无欲无求，而是以一种理性的生物形式畅游宇宙，就像白云飘在蓝天上。

2005 年 8 月于新疆乌鲁木齐

实名制究竟方便了谁？

记得《回娘家》吧，"左手一只鸡，右手一只鸭，身上还背着一个胖娃娃"，那是多喜庆啊。今年春节，如果再要那个新媳妇坐火车回娘家，恐怕她没有这么欢畅了。想想看，人海茫茫，队伍长长，等待久久，"左手一只鸡拿着身份证，右手一只鸭拿着火车票，身上还背着行李和一个胖娃娃"，要想上车，且慢，还要看看你是不是逃犯，是不是人贩子，是不是你自己，她不累得哭才怪，不烦得骂娘才怪。

据说实名制是为了打击黄牛党，营造一个公平的售票环境。火车票实名制在全国范围内开始实施，乘客在购买火车票和乘坐火车时，需要登记、核查个人的真实姓名和身份。从某种角度上讲，火车票实名制似乎能够抑制一部分黄牛党，为旅客提供更多的票源。但在日运力缺口数百万的春运期间，漫长的等待验票时间和烦琐的验票程序势必给乘客们带来劳累和不便，这和以人为本又相差了好远。地球人都知道，今年有上亿的人次在享受坐车的麻烦，未必黄牛党就打不绝？何必让几亿旅客为铁路部门的管理漏洞买单。

　　实名制还为公安排查激进分子以及犯罪分子提供便捷，所有的乘客都成了他们名正言顺的排查对象。打击犯罪，确保平安，是警察的职责，但没必要翻江倒海，惊动全国，把所有回家的人都假想成逃犯吧，是不是有点"宁可错杀三千，也不放过一个"的架势？时下，实名制遍地开花，实名制真的是有关部门对公民的利益保护，还是打着权威的旗号而无视了公民的隐私和权利？"买药实名制"、"菜刀实名制"、"网络实名制"、"火车票实名制"等广为流行，虽说这些制度的出发点可能是好的，但是如果把实名制当作解决某些问题的一个法宝，升级的结果就是实名制被滥用。如果照这样实名下去，该不会公民上卫生间也要实名制吧？

　　回家路漫漫，一票买难难。火车票难买，根本原因与实名制无关，而是供求关系不平衡，信息渠道不畅通，内外勾结渔利等原因所致。实名制作为一种规范管理的制度，因其属性，它更多的是讲求一种透明化需求，在很多领域具有积极的作用。但是不可随意夸大其作用，更不能随意套用，千万不要搞成掌控民众的"井田制"。

　　想靠劳民伤财的实名制缓解一票难求的问题，实名制也是扬汤止沸。最终方便的是警察在暗地里，把每个人当作逃犯追查。

2013年春节于常德太阳山

她不是一个人在战斗

山西文水县又出人物了。

1947年出了个刘胡兰，牺牲在敌人铡刀下时不满15岁。她大义凛然，忠于共产党的情怀感天动地。毛泽东那年闻之还手书八个大字："生的伟大，死的光荣"，以激励全党全军将士夺取全国的最后胜利。刘胡兰虽然牺牲得很惨烈，但她的背后有千千万万个中国人依然在为她的理想奋斗。她，不是一个人在战斗！

到了2012年，文水县又出了个商场和官场通吃的人物，她也是女性，名叫王某。不过，她的本事不是为党抛头颅，洒热血，而是能够随心所欲在党的阵营里捞头衔，赚票子。她可以15年不上班，薪水银两一分不少照样拿；她可以让县长发话，要银行给她巨额贷款；她可以要上级领导凌驾党纪党规之上，扬言，她选不上副县长，县委书记就下台。她，也不是一个人在战斗！

倘若刘胡兰还活着，她今年80岁了，比她的父母官王副县长只大38岁；

倘若先烈们还活着，恐怕刘胡兰会鼓动江姐们再来一次战斗。

刘胡兰牺牲是为了什么？牺牲得值不值，还在于与她的后来者有没有实现了她追求的理想。如果，到了和平年代，忘记革命先烈追求的理想，那么刘胡兰牺牲的意义，将近于可怜甚至没有意义。未满15岁的刘胡兰，以大无畏的勇气在敌人的铡刀下扬起不屈的头，绝对不是为了一个人民政府副县长十几年吃空饷！绝对不是为了某些领导人为了让谁当什么官就当什么官的！

15年吃空饷，让那些找不到工作的大学生和下岗职工情何以堪？"必须选王某"当副县长是"政治任务"，这岂不是压制民主？是权力向金钱献媚还是金钱向权力发送了糖衣炮弹？这背后是些什么"公仆"在为她冲锋陷阵？选王某当副县长，并不像王某本人说的那样"都是我命好"。按如此逻辑，刘胡兰等无数先烈的牺牲莫非是命不好吗？王某背后的红色黑手，这般挑衅和亵渎宪章，他们已经不是先烈遗志的继承人，而是人民的罪人！

王某"官商一体"后，荒诞剧也便发生。她的公司强征了百姓的土地、森林，村民没拿到应得的补偿款而去县里上访，而接待上访户的却正是副县长王某。不能不鄙视王某战壕里的战友，让王某去处理涉及自家利益的事，社会公正何在？村民的尊严何在？

王某绝对不是一个人在战斗，她的背后应该有一群腐蚀党和国家机器的蛀虫在活动。但愿包拯的铡刀还在，尽早斩断那些冠冕堂皇的黑手。

原载2012年5月15日《常德日报》

媒体的堕落

用三句描述现在的某些记者，叫作：不要脸，不要良心，不要人格。

有些记者名声之所以如此糟糕，已接近社会公害的底线，主要原因是一些媒体的堕落！

为了钱，他们给乱七八糟的广告当婊子，欺骗受众。君不见，那些五花八门的频道，那些眼花缭乱的版面，那些半路杀出的网页，统统都是为了钱转。在媒体的广告里，没有治不好的病，没有丰不大的乳。特别是省市级的媒体，有些广告的时长、虚假、低俗简直到了卑鄙无耻的地步。

为了钱，他们像疯狗一样四处追咬明星，制造花边新闻，骗取受众的眼球。而一些明星也像妓女一样，和他们狼狈为奸，打情骂俏，图的是各取所需。

为了钱，他们假借公道，明里监督，实则敲诈。若有不从，口诛笔伐。保管让你哑巴吃黄连，有苦说不出，你就乖乖就范吧。

一些媒体利用职业优势，换取腐败，左右时风已是不争的事实。为了自身利益，苟且偷生。许多时候，捉鬼是他们，放鬼也是他们。当傀儡、说假话、讲瞎话，他们的良心、责任、正义变成了霉体。

过去，人们呼唤《新闻法》，是想保护媒体和记者，给其更大的权利空间，以捍卫新闻的真实和自由。现在看来，应该强烈呼吁出台《媒体法》，既要保护媒体和记者的权益，更要加大对其行为的制约和监督，才能防止一些记者为非作歹，防止受众的权益被他们任意侵害，防止社会公信力和道德尊严不被他们随意玷污。

一个社会媒体都讲假话了，还有谁的话是真的？

2006年7月于北京

我为什么写《犍牛》？

——与网友的对话

犍牛，就是被割去了生殖器的公牛。在我看来，某些人更多的时候像犍牛，很多男人像犍牛，他们只有一个雄性的符号！

这首诗写了20多年了。我为什么写《犍牛》？历次推进中国社会变革的重大事件中，我们都能看到许多爱国志士为国流血，也看到许多国人无动于衷，有的甚至充当小丑或罪人。于是，我想到了可悲的犍牛。其实，在一些生死关头，很多人都想支持，想奋进，想反抗，可就是不敢站出来。跨出那一步多么重要而又多么沉重啊！有时候，民众轻轻的一小步，就是民族和国家进步的一大步。具体到个人身上，往往要付出一生的前途甚至生命。然而，我们许多人选择的往往是退却，是观望。

我也是人群中的一员，我也被犍牛同化了，但我还没有完全失去血性，所以，我就用诗歌呐喊，为勇敢的公牛助威！

附：

犍　牛

　　于刚强剽悍的种族野生，于莽莽的原始森林里狂奔而来。误入田园，就再也没有找到返回的路线。

　　春季，在紫云英盛开的田野，无情的阉刀割去了雄性的勇猛。从此，屈辱的血泪与土地结下了生死之缘，一切骚动和反叛都被驯服得安分守己，服服帖帖，只任四蹄踏碎沉默的流年。

　　失去了本性，便失去了自我。尽管力大如山，也摆不脱牧童手里的纤纤绳索。尽管日夜奋蹄，也走不出苦难沧桑的贫瘠。只是偶尔在地腹深处，有沉闷的哞声划破苍凉的黄昏，才知道有某种压抑潜在。

　　犍牛的不幸，就在于只剩下一个雄性的符号，就在于同化了所走过的土地和它的主人。

2007年6月于越南河内

超女，"超"在哪里？

当年美国有个科幻影片，好像叫《超人》，上映之后红了一把，捞了不少银子。这两年，有些人抓破了脑壳，终于想起了这块现馍馍。经过翻新之后，把概念缩小了一半，玩起了"超女"。

超女是红了，爆了，操纵者和超女个个名利双收，赚了个盆满钵满，少男少女们除赚了一阵超级狂欢外，留下的是超级乏味。

超女，超在哪里呢？我看无非就是三超。

一是超级商业化。她们一路进出要签多少次合同，要作多少次秀，要挤出多少笑脸参加商业演出，要卖弄多少妩媚赶拍商业广告，可能只有被超过了的人才知道。

那一层层的选拔淘汰，那一波拨的狂热追捧，是媒体和商家勾结的策划。要的就是火爆的过程，让人人都举手欢呼，让人人都看他们的广告。最后，让人人都掏钱买他们的商品。他们的超级目标是把普通少女，炒作成超级财神。他们选拔的不是有美学意义、有教化意义的超女，而是商业意义的"钞女"。

在这些刚刚开放的女人花身上，我们似乎闻不到天然的芳香，看不到自然的仪态，只是感觉到她们的牙缝里，也像塞满了百元大钞。

二是超级名星化。商家为利而来，故借"超"生"钞"，借鸡下蛋。超女们则是为名而来，想借船出海，借梯上楼。一个人不出海，怎么看得到大世界？一个人不登高，怎么会出人头地？于是，她们稚嫩的身体里，装满了滚瓜烂熟的忸怩作态，让那些三十来岁的歌星影星如临大敌。

她们追求的是名星，而不是明星。在这个浮躁的社会里，有名就会有利，甚至恶名也能带来财富。明星就不一样了，除了有名气，还要有更高的人气。你不明亮，不明智，就会迅速暗淡、陨落。

故中国有好多星都只能算下三流的名星，他们靠媒体镀金，靠商人贴银，靠臭名、恶名、虚名赚取钱财，欺世盗名。

超女的名星化已越来越明显，越来越超级了。

三是超级变态化。我们在超女的身上，似乎看不到原生态的美丽。跑到人们面前张牙舞爪的，倒是有点像一群整容院的模特。

这些刚出茅庐的女子，社会阅历浅，文化底子薄，大多是些没经过风吹雨打的豆芽菜。任她们穿金戴银，也不会有成熟美。任她们故作高雅，也不会有知识美。

要想让青苹果红光满面，卖个好价钱，那就只好给它们注射催红素。这样搞的结果可想而知，看是好看，吃起来可能就是怪怪的味道。

有个电视广告上天天抛头露面的超女，我真的从不敢正眼看她。那一身不女不男的装束，还有那撇腿仰肚的做派，我看了浑身就起鸡皮疙瘩。

我有时还怀疑，我们如果都喜欢看这样的女人，这个世界会不会盛产人妖，男人会不会变成太监？

超女把青春甩在一边，玩起老道。把长头发剪短，学男人怒发冲冠。像天外来客，她们的一举一动，都要与众不同，包括性别都要泼人一头雾水。

我们希望看到的是青春的、纯朴的、率真的女孩，而不要打造什么超女、钞女、妖女。

2005年5月于常德柳叶湖

咏唱高尚

——读叶培明《一叶集》采撷札记

最近，叶培明的散文集《一叶集》由作家出版社出版了。于是，我走进了他的精神家园，在挂满硕果的枝叶里寻找愉悦。

这本书22万字，以漂亮的封面设计，大气的时尚开本，经典的作品收集，让读者看到了一个崭新的叶培明。

读这本书，像是坐在先贤的书房里和先生以茶论道，像是和智者置身高山流水的境地，听作者和颜悦色地畅谈善德文化。《一叶集》的文字里包含着禅宗文化的睿智，也有中华传统美德在作者文学意识里的延伸和浸润，那些文字传述着作者对亲人朋友的感情倾诉，阐释着作者对为人处世的道德褒贬。细细品读，让人感受到世间万物，一枝一叶总能看到善的阳光；人间万象，一举一动总能看到德的雨露。

《一叶集》分为"纪实篇"、"感时篇"、"悟藏篇"三部分，"纪实篇"

多为写人写景，以抒情见长；"感时篇"多为言事言物，以说理取胜；"悟藏篇"多为古玩心得，以闲情逸致泼墨。通读《一叶集》我们便会发现，在这棵枝繁叶茂的树上，叶培明写得最多的就是"善德"二字。他写故乡、写亲人、写朋友，或歌颂或怀念他们的善德魅力；他针砭时弊，拍案或击掌都是因善德而激扬文字；他手捧古董，看重的是善德文化在历史风云中的传承，求索的是秦砖汉瓦上沉淀的文化价值。

在诸多的篇章中，我特别喜欢叶培明笔下的家乡，还有他回忆中的亲朋好友。《家乡的桥》就像一部纪录片，让人看到了几十年前津市那个地方的小桥流水人家，那"斜阳、古柳、钓翁，水光天色，那种宁静与恬淡，绝对给你一种物我两忘的美的享受"。好温馨的水乡小桥，与其说是作者对家乡桥的眷恋，不如说是叶培明对真善美的铭记。《早餐杂忆》写的是津市早餐的记忆：时光回流到作者的童年，我们看到的是澧水沿岸的吊脚楼，水上叫卖早餐的乌篷船，用绳索从吊脚楼上放下篮子购买早点的情景……这简直就是一幅津市的"清明上河图"，多么自然，多么和谐。《那山那寺》写五十年前的一群少年去山里采摘杨梅，读罢文章，仿佛我们也找到了自己的童年……那些不谙世事的孩子，在山里爬树钻洞，追赶野兽毫无惧色，但见到了尼姑却一个个吓得作鸟兽散。轻松的笔墨下，一群孩子的天真、机灵跃然纸上，一片远去的风景和一个清秀的尼姑又回到眼前。这个情节不是作者凭空设计的，而是他童年生活的场景，他只是把那个精彩的情节和景点复述给读者而已。然而，正是来自生活的原生态，有着高浓度的生活气息，使这段文字变成了文学，给读者留足了审美想象的空间。

叶培明很多劝善言德的文章，就像溪流常常流经我们生活的山寨，也像迎春花常常开在我们瞭望春天的窗口。在海南的尖峰岭，置身原始森林，作者借峡谷、藤蔓、虫子等自然景物，以一颗仁善之心，超度人生之感慨，他说："人类生活就像天上变幻的云彩，不会永远一个样。"云聚云散，天大地大，没有永远的白云，也没有永远的乌云。这是一种坐看云起的心态。在新疆的赛里木湖，见到极地雪山环绕的湖水，叶培明情不自禁地掬水呐喊："还是到这雪山圣湖的地方走一走，看看融天上人间于一湖，纳四季景色于一刻的自然大观，让山风湖水洗涤一番，胸襟会顿时开阔起来、豁达起来。"这种把心绪放在天空湖泊舒展，让人顿感天地开阔，心胸宽慰，许多的私心杂念，邪气恶意都会烟消云散。在《尖峰岭断想》中，作者触景生情，仿若高人指点，留下了许多洞穿人生的句子："生活上有顺境逆境，政治上有沉浮升降，经济上有亏盈溢损，情感上有悲欢离合。"这些语言称不出重量，但在人们的心里掂得出分量。

言论写作似乎作者更是得心应手，在叶培明言之有理，言而有情的言论里，更多看到和感受到的是一种政治情怀和善德心境，像《读〈修养语丝〉》、《谈谨慎》从修身养德，讲到执政为民，条理清晰，娓娓道来。作者在一些文章里引经据典，上下求证，以守护者的姿态，道出了企望和谐家园的心声——执政者就是江山的管理者，也应该是善德的传播者。江山在手，善德在握。

叶培明长期从事行政领导工作，特别是在组织人事部门工作的阅历，使他在干部修心养德方面心得颇多。他的文字里洋溢着对真善美的张扬，回荡着对假丑恶的鞭笞。他褒扬的是一个人要有善德积累，读了《大家都是普通劳动者》、《彭总挨打之后……》之后，就有许多做人的道理让人开窍。人心存有厚薄，善德也有厚薄。忠厚善良，以德报怨的人，才能在善德的路上走得更稳、更远。

"德，国家之基也。"欲做事，必先做人，必先立德修身。道德修养是一个人的终生课题，是人生事业的基础。在叶培明隐含珠玑的篇章中，这些道理总是在烛照我们看到善政、仁政的影子，谛听这个社会最渴望表达的声音。

到了卸甲之年，有了剩米余钱，叶培明不是整天算计着还得给自己腰包捞多少银子，还要给自己脸上贴多少金子，而是将兴趣转向了古玩收藏。古玩淘宝，玩不好烧票子，冷不防也捡得到金子。从叶培明的古玩鉴赏文章中，我以为他搜寻的目光落在了历史的文化层面上。他眼光盯的也是价值，经济价值对他是姜太公钓鱼，文化价值可能是孜孜以求。其实，这样打发自由时光，列支剩米余钱算是超级玩家。试想，再值钱的古董没有一个人能把它带进天堂。钱买得到宝贝，但买不到心旷神怡，买不到悠然自得，买不到善德胸怀。玩古董，只要玩出自己的心得雅兴，玩出健康的身心，什么样的古玩都是价值连城。叶培明似乎悟到了，他的那些鉴赏古玩的文章，字里行间总是跳跃着鲜活的文化符号，善德之美总是在他的笔下扬起迷人的浪花。

丰收是喜悦的，但我们不能要求收获的果实全是精品，《一叶集》也是一样。站在精神家园的田陇，叶培明采撷善德花果。花，香了人生季节，果，酿造了文化美酒。

一叶善德，一页咏唱高尚的章节。

原载 2009 年 5 月 15 日中国作家网

每个人都是上帝咬过的苹果

——读帅泽鹏诗集《每个人都是一扇门》

读完帅泽鹏诗集《每个人都是一扇门》，像得到一个芬芳的苹果，让我想起了一则很有哲理的比喻。

有一个盲人，小时候深为自己的缺陷烦恼沮丧，认定这是老天在惩罚他，自己这一辈子就算完了。后来一位老师开导他说："世上每个人都是被上帝咬过一口的苹果，都是有缺陷的人，有的人缺陷比较大，是因为上帝特别喜爱他的芬芳。"

他很受鼓舞，从此把失明看作是上帝的特殊钟爱，开始振作起来，向命运挑战。若干年后，他成了一位事业有成的名人。

后来上帝知道这事后，笑道："我很喜欢这个美丽而睿智的比喻，但我要声明一点，所谓缺陷是指生理的，那些道德缺陷的人是烂苹果，不是我咬的，是虫蛀咬的。"

人的一生难得完美，但可以追求人生的芬芳。帅泽鹏的《每个人都是一扇门》是追求人生芬芳的思考，在他的诗歌里，人们也像是一个个苹果，他从许多角度观察后，写下了许多睿智的篇章，似乎在告诉人们如何做一个芬芳的苹果。

在帅泽鹏的诗歌里，对人生的比喻可谓繁多，也很是出奇精当。

他说《人生是间杂货店》，自己就是唯一当然的老板。这个比喻很经典也很通俗。一个人一生买什么质量的货，当什么样的老板，全看这个人的商道，商道即人道。从他的诗里可以看出，人人都是自己的老板，人人都是神，这是一种告诫人们重视自己位置和举止的警语，也是给人们的是一种自信。

他说《每个人都是一扇门》，当你呱呱落地时，这个世界就多了一扇门，一生中，开门的总是自己，关门的也是自己。这不得不让人思想，人要面对阳光，自闭就见不到光明，就永远找不到飞翔的空间。世界因你而多了一扇门，你在世界上开门为了什么？干了什么？关门时你能扪心自问吗？

他说《我们都是神》，"不要崇拜神，神只是个摆在高于我们地方的不动的物体"。"我们自己就是一尊神，只不过丧失了某个地位，不起眼的没有缭绕香烟的无众人敬仰的抑或孤独的神。"我佩服诗人的这种感悟，有种！我们人人都是神，这个世界上就没有了神。盲目崇拜就会人为制造出神，就会有神利用我们的善良为他制造神坛，为他制造独裁。我们是神，只是冷落的神，但我们一定要当冷静的神。不要头脑发热，把凡人捧成神，甚至把鬼也捧成神。

人生就像苹果，可以有缺陷，但不要有腐烂。要想不被虫蛀咬，不当小人，就要注重道德品行修养。帅泽鹏在《变色龙》里对虚伪者恨之入骨，他说，小人为了适应新的需求，能迅速趋炎附势，"把自己恶补成一条狡黠诡谲的变色龙"可以看出，作者对虚伪者恨之入骨，诗中的"恶补"二字，让变色龙的嘴脸变得更为可恶。

一个芬芳的苹果总是在风雨中成熟，人生也是一样。当你在生活中遭遇小人、恶人的纠缠，帅泽鹏说，"沉默有时是最有力的反击"。这些境遇在人们的生活中出现的频率很高，隔三岔五有人这样提醒，特别是用诗歌提醒很有文化力量。

以普通的生活图景折射生活的特质，是帅泽鹏诗歌的核心力量。

《最难发现》就让我们发现了诗人的洞察力。"世界上最难发现的，不是石油，不是矿物质，也不是宝藏，而是人的心。"天高不算高，人心第一高。天有多高，现代科学也难以精确回答，但人心比天还高，好像被古往今来的许多故事印证。作者所言道出了人际纷繁，人心叵测，他"发现"了最难发现的问题。

人生在世要有所怕惧，天不怕，地不怕的人是蠢汉，有道是无知者无畏。读了帅泽鹏的《怕》，可能会让一些聪明的人变得谨小慎微。"怕是善待别人，更是善待自己。""不怕是一种野蛮，更是一种愚昧。"我以为诗人"怕"得好，人们从来都是笑怕夸勇，把怕放在没胆量、没志气、不男人的环境里考量。这个"怕"写得有勇气、有智慧、有男人味。诗人所说的怕是警钟、是法度、是道德。人要学会怕，怕伤害善良，怕损害正义。怕低估别人，怕高估自己。

在帅泽鹏的诗歌里，我们还能看到很多人性的光芒。

《一只无辜的鸟》被人射杀，诗人没有沉默，而是用诗引领人们沉思。鸟是自然环境和谐的象征，向自然开枪，向和谐射击，人类离自杀还远吗？

汶川地震后，作者写下了震撼人心的诗作《妈妈，我不想走》。"对不起，妈妈，女儿走了，带着你们的养育之恩。""妈妈，我要走了，今后无论你和爸走到哪里，永远都是我的亲爹亲娘。""妈妈，我好怕，我真的不想走，但我已到了天堂……"这些句子，看似普通的文字，但读过之后让人心酸无比，可谓大善、大悲、大痛。

值得一提的还有《小虹的故事》，这是一首叙事诗，写的是一个贫困农家女来到城市卖淫，最后染病惨死的故事。这首叙事诗是作者对社会现象的细读，以平淡的笔调，用叙事诗来写这样沉重的题材，在如今诗歌中很少见。可见作者的那份关注和人文情怀，是多么浓烈。

就像再好的苹果也有缺陷一样，《每个人都是一扇门》也有一些遗憾。我以为作者在诗歌创作中，人为添加一些生僻字大可不必。生僻字妨碍大众阅读，影响诗的理解和传播，用生僻字不等于诗有新意，只能让诗走进象牙塔。不过，这不影响《每个人都是一扇门》敞开芬芳的大门，因为这个缺陷也许是上帝咬的。

原载2010年4月《诗选刊》

穿过岁月的群山

——读李晓群长篇小说《群山》随笔

那天，我的老领导陈渝生将李晓群的长篇小说《群山》推荐给我，他说，"这个作者和你年纪差不多，下过放，当过兵，经历也和你相似，这部小说你一定看得出感情来"。

一连十个晚上，披星戴月，我用目光翻越《群山》。在翻山越岭的穿行中，常常看到当年酸甜苦辣的影子，时不时又回到了曾经打磨过我的岁月里，我的心仿佛跌宕起伏的群山，又激动又沉重。在李晓群的《群山》里，我遇到了好多似曾熟悉的身影，他们的喜怒哀乐让我感慨良多。然而，岁月在群山里悄然滑落，曾经历历在目的生活转眼就成了遥远的故事，很多活生生的人回望就成了故人。

李晓群的《群山》是一部文字视频，真实地回放了那段岁月的辉煌与灰暗，幸福与悲伤，激情与沉沦。作者在小说中让许多人物登台亮相，我一直无法忘怀的是李田、罗云、李群山、河涌、铭冀、竹青、洪金等。这些人物的命运一波三折，感怀惊心。特别是对李群山母亲罗云的描写，对河涌的记述，感情充沛，直拨心弦，几度令我为之流泪。文字作品没有影视作品听觉视觉上的优势，它必须靠作者用文字来唤起读者的共鸣，李晓群的《群山》每到动情处，便有"催泪弹"，的确难能可贵。

这部小说在人物刻画上，比较有深度和分量的我以为是李田和罗云。

李田，一个南下干部，他的性命经过了战场上血与火的洗礼。全国刚解放，不等马放南山，刀枪入库，他就奉命剿匪。大山里的土匪剿完了，他就留在山里开矿，矿山沸腾了他就被撤职了。事实上，这种莫名其妙的悲剧发生在那个时代、那个阵营的很多人身上，《群山》只是生动地再现了这段历史的某个横断面。

就像江姐等先烈一样，李田这代人，怀着对理想死心塌地的追求，从没计较过个人得失，连自己的生命也视如草芥。可是，打下江山之后，李田的那些遭遇不忍回首，他唯一的选择就是忠诚和忍受。他曾经在战场上轰轰烈烈，是最可爱的英雄，可他的晚年默默无闻，疾病缠身也无人问津，他打江山的故事已没有人爱听爱记了。正是这样的经历，他的付出与得到，他对理想的钟情与现实的无情，他的高尚与无私，让我们看到了李田那一辈人身上的人性光芒。

最打动人的还有罗云。作者在她的身上投注的笔墨和倾注的感情非同一般，读者对她的崇敬和伤感也时刻萦绕在心。罗云是李田战乱中从教堂里解救出来的孤儿，后来成了李田的妻子，李群山的母亲。罗云一生多灾多难，人生可怕的不幸的事她几乎都遇到过，童年时被遗弃，少年时遭遇战乱，中年时疾病缠身，痛丧爱子。她参过军，当过军医，先后生养过五个孩子。为了事业，为了家庭，为了孩子，她像迎风的山头，把所有的苦难都揽在了自己身上。熬过艰难的岁月后，罗云就被肺结核病夺走了生命。罗云没有来得及抒平生活留下的伤痛，没有来得及享受天伦之乐，她就带着一身辛劳和遗憾走了……

　　生活给李田和罗云的地位是平凡的、渺小的，可在读者的心里，他们就是江山的奠基人。李田、罗云这样的人就是沉默的山，站在他们上面的人，再风光、再伟大也只不过是树或者是草！

　　《群山》是李晓群精心营造的大森林，那里面发生的一切是那么的茂密、美丽和神奇。捧读《群山》，感受真情，穿过岁月的群山，我得到了一种心灵的洗礼。

原载2011年1月9日豆丁网

方寸乾坤大

——赏析《赵有强新闻摄影作品》散谈

　　随着时代的发展，科技的进步，摄影这个行业几乎人人都能几下子，就像有段时间，写诗的人比读诗的还多一样。前不久，看了中国摄影出版社出版的《赵有强新闻摄影作品》集，我似乎才恍然大悟，原来人人都能摆弄几下的行当，不一定人人能搞出点名堂来。可谓方寸乾坤，学问大大。

　　名人的存在，从摄影的某种意义上说，就是让人人去拍摄的。想拍名人的角色很多，不削尖脑袋，一般人还拢不了边，没点功夫也拍不好。从摄影的专业角度上讲，拍几个名人并不能提高摄影者的身价，名人的光环可以让人增添一点点虚荣，但并不能让人提高技巧。没有这样的正比，一个摄影者因为拍了知名的人物就忽然成了知名的摄影家。

　　名人难拍到，名人难拍好这倒是实话。我以为，一个摄影家把名人拍成了平凡人，把平凡人拍成了名人这才是真本事。市长在地方算是个名人要人，给他拍个比较亲近大众的镜头恐怕有点难度。1996年7月的一天，赵有强眼尖手快，在洞庭湖区抗洪抢险一线，拍到了常德市市长张昌平在防汛前线小憩的镜头：汗水湿透衣背，市长坐在民工中间，一滴汗水悬在鼻尖上（《抗洪一线的市长》）。就是一滴汗水，使赵有强的这一幅作品获了大奖，成了他摄影生涯的压卷之作。个中原因，我想可能是他把一个领导人拍成了一个普通人的缘故吧。这功夫，不是玩傻瓜相机的人拍得出来的。为了这一滴汗水，赵有强平时可能流了无数滴汗水。

当年团中央发起希望工程后，《中国青年报》有一位记者拍了一幅经典图片。画面是西部一个渴望上学的女孩，那一双纯真美丽、渴望救助的大眼睛，给人以极大的震撼，让无数好心人慷慨解囊，为希望工程奉献爱心。后来这个女孩成了贫困学子渴望救助的代表，从此名扬天下。这就是摄影家的独到之处，从一般人物中遴选出典型人物，给普遍性注入了特殊性的内涵，将一个平凡人拍成了一个很不平凡的人。赵有强的摄影作品中，这种思维走向十分明显，其摄影风格和意识也十分出镜夺目。

拍照是一瞬间的事，要把神态形态凝固成历史，赋予它特殊的意义，只有通过画面构图和色彩传递形象语言，形成视觉冲击，让人过目不忘，引起心灵共鸣。实事上，一幅好的摄影作品，总能为历史留下许多鲜活的回忆。《负重奋进》是赵有强1998年7月摄于常德火车站建设工地的一幅作品。背负大块建筑木板的工人，在钢筋水泥间的空中窄道上蹒跚迈步，天空的太阳正好被工人背上的木板挡住，像是把太阳也背在背上。看了这幅照片，给人的印象格外深刻，除了现实意义外，更多的价值是摄下了现代人的希望，同时，也是给后人留下的一段城市建设的历史。

　　有现实意义的作品，必然有历史价值。赵有强是个聪明人，他拍的一些作品都很有时代特征，随着时间的推移，作品的寿命也许会超过人的生命。后人不认识赵有强这个肥头大耳的"西瓜太郎"没关系，关键在于，时间越久远，他的这些作品会越被历史老人青睐。搞摄影的人精到这个份上，真是很合算，既能养家糊口，又能拍其所爱，还能增岁添寿，何乐而不为。可惜，这块肥肉吃的人很多，但有本事吃出营养价值的人却很少。

　　机械翻拍生活中的图景是一种复制，复制的图像永远没有生活中的原型逼真、生动，只有赋予了画面一定的思想和艺术色彩，一幅作品才有可能源于生活高于生活。青藏高原风景奇丽，随便拍一张照片都是美的，但赵有强的《高原之子》出"镜"不凡。在这幅图片里，天地之间只有一缝之隔，一个藏族男孩站在那里，竟有一种顶天立地的雄伟。这样的场景生活中常有，这样的意境能捕捉到镜头里却不多见。

　　农民进城，戴着草帽挑着担，一边走一边东张西望，他的脚底是宽敞的街道，四周是高楼大厦（《进城》）。阳春白雪和下里巴人同步走进作者的想象，说农民"土"，其实衬托了一种美，是劳动者的美，是时代的美。正因为有劳动者的穿行，我们的城市才变得如此美丽。

　　拍体育照片，就像战士射击流动靶，算个高难度科目。此刻，相机在手，镜头是准星，快门是扳机，精彩就是脑和手一瞬间的灵动。《水中翻跶》是中美滑水对抗赛在柳叶湖的一个剪影，运动员脚踩舢板，手拉纤绳，后倾身躯迎流冲击，像是浪里飞燕，又像是雄鹰穿谷，没有艰难险阻，给人们的是一种乐观向上的勇气和自信。看这张照片，觉得赵有强是个神枪手，弹无虚发。其实，神枪手并不是枪神，而是人的脑子神，摄影恐怕也是这个道理吧。

赏析这本集锦，兴奋之余我总感到有点遗憾。作为新闻摄影，没有重大突发事件作品入选，实在是美中不足。天灾人祸会给历史刻画痕迹，新闻摄影记者思想上不能"睁一只眼闭一只眼"，这样，才能为自己的使命和相机增添历史的重量。我相信，赵有强的方寸世界，往后还会给人们带来更多的精彩和惊喜。

原载《香港名人》杂志2005年第2期

唤醒生命的春天

——王本泉纪实文学集《永不放弃》序

这本书是王本泉以他儿子王进的口吻写下的，与其说是他儿子王进的肺腑之言，不如说是王本泉的字字血泪，句句感恩。

那年我在郴州遇到了王本泉，他告诉我，儿子得了白血病，是专程从临澧赶来郴州找朋友求助的，这是第四次来了。见他焦急万分，头发花白，衣衫潦草，我就感到突如其来的打击，让一个父亲的形象开始放大，他遭遇到了有生以来最严酷的磨难。

这些年，我一直牵挂他们一家人，特别是他们父子俩。我担心60多岁的王本泉，在精神折磨和经济压力下，能不能挺得住；担心王进身患绝症，能不能绝处逢生。

然而，我的担心却显得那样苍白无力。几经艰险，王进得救了，王本泉挺住了。事后，王本泉还写下了近10万字的纪实文学集《永不放弃》。

　　读了这本书，我被里面的很多故事情节所感动。在书里，我看到了一个父亲为挽救儿子的生命，不惜透支自己性命的英雄本色；看到了一个男子汉在绝境之下，坚忍不拔，力挽狂澜的钢筋铁骨；感受到了爱的力量和神奇；体会到了永不放弃的精神内涵。

　　王本泉是坚强的。危难时刻，他像战场上的勇士，奋不顾身，冲锋陷阵，没有放弃任何一丝获胜的希望。他用顽强的意志书写了一个父亲无私的情、坚定的爱。让人们由衷地敬佩一个父亲在关键时候释放出来的力量和胆量。

　　王进是幸运的，他有一个山一样坚强的父亲，有一个水一样柔情的母亲，有一个花一样美丽的妹妹。是他们编织了一张亲情的爱网，用自己的生命作赌注，将王进从死亡的深潭里捞回了人间。

　　王进是幸运的，他得到了全国农业银行系统员工的爱心救助；得到了社会各界许多好心人的慷慨解囊。是他们用爱心筑起绿洲，让王进走出了绝望的沙漠。

　　王进是幸运的，他虽然不幸患了绝症，受尽了无数常人难以想象的折磨，但他的父亲始终不渝，四处奔波，为他找到了全国顶尖级的医术和医德高人。是他们给王进签发了生命的通行证，让王进重新踏上了人生的旅程。

　　人世间最宝贵的财富莫过于生命。因为，无论是帝王还是平民，富豪还是乞丐，生命对于谁都只能拥有一次。人生又是短暂的。世界十分美好，人却不能长久。一只龟可以活上几百年，一棵树能生长上千年，然而，人生一世，难过百岁。况且，在人生的旅途上，还要经历无数的风雨坎坷。为了生存，我们要刻苦求学，要努力工作，要挑起家庭的重担，要承受疾病的纠缠……

其实，生命的意义不在于性命的长短。龟终究是龟，树毕竟是树，终有一天，它们也要在生命的季节里谢幕。在永恒的宇宙面前，时间没有计量单位，也没有任何意义。人生真正的意义是在于我们用爱拥抱过生活，让我们的每一天充满了希望和精彩。

当我们踏上生命的征程时，人需要坚强的意志和信念，驱赶一路的苦难；需要我们释放爱的阳光，去照亮彼此的心灵。当人生处于低谷的时候，只要我们不放弃自己的追求，风雨过后，就一定能够见到彩虹。

低潮往往孕育着高潮，冬天来了春天还远吗？

王本泉的《永不放弃》，为我们找到了人生的迎春坐标。身处逆境，坚持，就能枯木逢春；有爱，就能唤醒生命的春天。

原载2011年8月中国文联出版社《永不放弃》

流年似鬼

——读周绍楚自传体纪实文学《流年似火》有感

那天母亲搬家，她拿出一本书来，说是她以前的同事写的，作者已经去世了。出于好奇，我拿过来翻了翻。心想，他们那辈人，文化不会很高，能写出个什么好书来？翻了几页，见是写20世纪50年代到70年代的人生经历的，便随手将书留下了，没有当垃圾扔掉。

这几日闲来无事，便翻看此书。说实在的，他的文字没有打动我，但他记录的那段苦难的历史让我震撼！

人们都知道，新中国刚刚站稳了脚跟没几年，全国上下便出现了持续二十多年的政治狂热，什么反右、反五风、大跃进、"文化大革命"，搞得全国山河一片红，生存空间一片黑。几亿国人个个像得了神经病，你整我，我打你，组织上把他们整得死去活来，他们临死前，像中了邪似的还在喊："我永远忠于组织！组织啊，请不要把我抛弃！"周绍楚的《流年似火》，真实地记录了这段人妖血泪史！人性变态史！人格堕落史！

这本书，以它的文学价值没有流传的必要，而以它的史学价值，若干年后，可能要价值连城，流芳百世！因为，在现有的档案和史记作品中，我们看不到这样真实的历史。制造大黑暗的人，总想永远遮住人们的眼睛，以掩盖他们的丑恶。

那是一个什么年代啊？中国历史上的几次大黑暗、大倒退、大人祸，恐怕这几十年应列为其中！

一个23岁的年轻人，受组织指派，在大会上做了提建议性的发言。一夜之后就被打成右派，而且这顶帽子一带就是22年。等他从屈辱、苦难中熬出头时，他已45岁，距他离开人世也只剩二十几年。

新中国成立快十年了，那时的湘西北有多穷呢？周绍楚在书中告诉我们：有一个姓胡的兄弟，父母双亡，家里穷得叮当响。哥哥25岁，娶了妻，弟弟20岁，还是单身。因为穷，他们三人住一间茅屋，睡一张草床！因为穷，他们三人只有两条裤子轮着穿，每天总有一个人在被子里躲着！这不仅仅是食不果腹，衣不遮体的问题，而是已经让贫穷逼到了死亡的边缘，扼杀了人生存的尊严和伦理道德！

1959年夏天，大跃进，浮夸风，像瘟疫一样在全国蔓延。人民公社说成了天堂，各地年年大丰收，人民生活大改善。

那时的物资有多紧张呢？一个地委专员到县里来了，由县长出面，从县肉食公司批一头猪，县粮食局批一袋面粉，县副食品批来蔬菜水果，专门用于招待。

那时的政客有多浪费呢？两天之后，县长跟着专员到地区开会去了，剩下的鱼肉腐烂之后，派人拉到郊外悄悄埋了。

那时的百姓有多悲惨呢？作者走在河堤上，看到的是一具饿死的男尸，一个不满10岁的小女孩在一旁哭得死去活来。死者大约50岁，因为没饭吃，得了水肿病，浑身上下肿得像水桶。死者的妻子卧病在床，丈夫是挣扎着进城讨米去的，结果倒在半路上，就再也没有爬起来！

读着这些文字，我仿佛还能看见，凸着青筋，鼓着圆眼吹气球的狂热者们，难道他们真的不知道，这个气球总要吹破的吗？

读着这些文字，我仿佛还能听见，河堤上那个孤苦伶仃的小女孩，撕心裂肺的哭嚎，还有那位重病倒床的母亲，她无助绝望的呻吟！

读着这些文字，我仿佛还能闻到，那政府大院里腐烂的饭菜，被人偷偷运出机关去坑埋时散发的臭气。

2005年5月于郴州东江湖

真实酿造真情的酒

——读彭东泉散文《春来桃花红》有感

我在西藏云游时，到了离太阳最近的地方，看到了真实的魅力。

那里的天，蓝得像水洗过一般；云儿，要么一朵一朵像洁白得棉花，要么像列阵的方队从头顶擦过；雪山是那样的洁白；水是那样的清纯……

在世界屋脊置身自然的安宁和纯净，我体会到了什么是真实，心里特别踏实。雪域高原的山川云水是没有任何雕饰和遮掩的，她袒露的就是真实。

真实有时很美有时也不一定很美，但肯定不虚伪。在我们的生活中，我们多么需要和渴望真实，只有走近了真实，才更容易找到真情。

最近，读了彭东泉的散文集《春来桃花红》，对这些认识又有了更多感触。在他的笔下，我似乎看到了他生活中的真实，看到了他为此流露出的真情，像飘香的美酒令人陶醉。而那些跳动着真情的文字，总是能撞开读者的心扉，让人们在感情的河流里，去寻找真善美的源头。

有句话说得好，"心里放不下别人，是没有慈悲，心里放不下自己，是没有智慧"。我以为，这里讲的核心是心要向善，要常怀感恩天下之心。一个人如果每日背着烦恼和功利的包袱生活，会大大降低生存的质量。我想，真情应该是来自于善良，来自于博爱，来自于大智慧。在彭东泉的散文里，我常常看到他用真情碰撞出的火花。无论他写人写物，还是叙事抒情，都能看到他像一个诚实的农夫，在那里精心耕耘。

我有时甚至认为，一个人的写作水平达不到重量级不要紧，但他必须要用真情实感去抒写他的文字。为什么现在很多人的博客受人喜欢，文字也吸引人，因为他们写的就是身边事，身边人，写的就是真实的感觉。有些博文虽然是小文章，小情调，但传递的却是真感情，大情趣。

在彭东泉的散文中，有不少篇章给我留下了很深的印象。如《小娟，你在哪里？》，《寻找一个叫小娟的女孩》。这是一件事两组文章的寻亲散文，写得十分感人。顺着他感情起伏的春潮，读者在他的文字里看到，那难忘的年代，难忘的童年，难忘的怀念，以及苦苦寻找小娟的曲折过程是多么的情真意切。特别是书信体散文《寻找一个叫小娟的女孩》，结尾行文可谓惜墨如金。当得知"两小无猜"的小娟不在人世后，作者给寻找人的最后一封信只有"谢谢你……"几个字。此时，没有更多的语言，没有了任何渲染，但读者都会和作者一样，陷入深深的惋惜和伤痛。真情在这里不需要文采，倒是文采更需要真情。

《心中永远的痛》可以说是彭东泉用泪水写出的母子情，他的真情述说，再现了真实感人的场景。读着他的文字，读者会有一种亲临其境的感觉，就会想起自己的母亲，也会勾起我们对母亲的崇敬和怀念。于是，读者就随着彭东泉的感情波澜，去感动，去流泪，去叹息。

最感动我的还有那篇《姐姐的嫁妆》，读了彭东泉的文章，我多想去看看这位从苦难中走过来的姐姐。在那个年代，她只能面对亲情和贫困的折磨。出嫁对一个女孩子来说应该是人生的大喜，而姐姐因为贫穷没有满足弟弟要一口小木箱的要求，姐姐出嫁是流着遗憾和内疚的泪水走的，而且这种泪水一直在她心里流了许多年。当弟弟上大学时，姐姐又把自己的嫁妆——一口小木箱送给了弟弟。此时，感动又传到了弟弟的心里。又是多年后，彭东泉又将感动变成文字，他把感动又传到了读者心里。真实的传递，真实的再现，真实的文字，就让我们看到了真情的流淌。

彭东泉是个真情的酿酒师。有了真情读者当然就会感动，就像春来桃花就会红那样自然。

2006年10月于临澧太浮山

一次与突发新闻的赛跑

——"9·1"持枪抢劫银行大案报道回眸

2000年9月1日傍晚，我回到临澧县城看望病重的父亲，刚进家门，我的手机响了。电话是从常德市打来的，编辑部告诉我：刚才市城区发生惊天大劫案，持枪歹徒抢劫了市农业银行武陵区江北支行，开枪打死7人，打伤4人！

作为主持《常德晚报》日常工作的主编助理，凭着职业敏感，我毫不迟疑，立即赶回了报社。

来到编辑部，许多记者已赶赴现场采访。信息源源不断报告上来：

此案震惊了公安部！

歹徒正在遣逃！随时有再次开枪杀人的危险！

上千公安民警和武警正在设卡堵截！

在家的编辑们群情激愤，但大家都在想一个问题：这样的大案报不报？怎么报？上级会不会不准报？

晚报刚刚创刊60天，这样重大的突发新闻事件如果不报，如果把握不好，对新闻记者来说，就会丧失一个绝好的机会，对不起自己的职业，也对不起读者。我们立即商量怎么办？我认为："上面没有下不准报道的禁令，就等于没有关上折扇门，我们一定要抢先报道！"

于是，我和大家一起决定："报！出了问题我们负责！"

"怎么报？"编辑们问。

我们陷入了沉思……

大家知道，这样的大案，影响绝非一般！案子才发生一个多小时，来得这么突然，报道的角度不好，报道的案情不准，上面追查起责任来，我和值班人员都是有风险的。

这时，不少发行员也打来电话催问："这个案子明天见不见报？如果报，我们要加印报纸！"

时间越来越紧，前方的图片和文字消息不断传来。

事不宜迟，我们当即决定：第一版发两条消息，一篇言论，将原已排好的第四版内容撤下，编发一整版现场目击图文。

报道方案定了，大家立即兴奋起来，忙着分工组稿。

编稿的时候我们才发现，报社共有12名记者从现场发回报道，由于匆忙，大家的稿件都有雷同之处，需要重新整合。在组稿的过程中，有的记者采写的稿件没有用上或只用了一小段，但大家服从大局，没有怨言，纷纷表示：只要能将"9·1"劫案的新闻报道出去就行。

编辑、录排工作正在紧张有序地进行着，时针已指向9月2日凌晨2点

30分，一版消息《昨晚市城区发生惊天大案》、《警方悬赏20万元缉凶》和本报编辑部言论《歹徒必将得到严惩》出了大样。

第四版我们用《今日纪实》开辟专版，通栏标题是：《"9·1"特大持枪抢劫案直击》。我们有4名记者进入发案第一现场，拍到了上百幅图片。最早赶到现场的记者距发案才4分钟，现场感特别强烈，情景触目惊心。

就在我们刚组完版面时，又有一位记者气喘吁吁地跑进了编辑部，她拿来了一大堆1500多名公安武警设卡追逃的现场照片，我立即选用了两幅。

这样，第四版从发案现场、伤员救治、现场勘查、设卡追逃等当晚的新闻事件进展状况都有了，以文配图的形式，形成了很强的冲击力。

9月2日清早，报纸一上市，《常德晚报》一时洛阳纸贵，成了最俏的抢手货，报社紧急加印的11万份报纸也被抢购一空。有的人还从读者手中以10元一份收购，报纸一直卖到了省会长沙和与常德市交界的湖北省的一些县市。

紧接着，全国各地媒体上百名记者云集常德，采访"9·1"大案。本报记者和编辑一时也成了他们追寻采访的人物。同时，不断有北京、广州等地的报社编辑部，通过各种渠道打探到我的手机号码，来电请求支援，索要图文。因为，只有我们的记者独家抢拍到了现场照片和采写了现场目击新闻。

此后，由于侦破工作需要保密和其他原因，有关方面对案情报道下了多次禁令。虽然不能报道，但我们要求跑政法线的记者继续采访，紧盯侦破进展不放，将新闻素材加以积累，随时等待解禁。

9月15日，"9·1"大案成功告破，我们立即启用积累的素材，再度出击，深入采访，迅速推出6个整版，对案子侦破进行了全方位报道，加印的8万份报纸又是一售而空。

一号案犯张君、二号案犯陈世清落网后，以及法院对"9·1"大案的庭审，《常德晚报》同样派出了强大阵容和安排大量版面给予了详细报道。

"9·1"大案尘埃落定，我们没有就此止步，而是回过头来，对全案进行梳理，将这一新闻资源加以穷尽。

10月份，我们组织记者采写了"9·1"大案长篇新闻纪实《新中国第一刑案》。该文共分10章，6万余字，于11月份在《常德晚报》分10期连载，每期一整版。

11月15日，我代表常德晚报，参加中国晚报工作者协会在南宁市召开的年会，我将载有"9·1"大案报道的《常德晚报》带去，分别送给了《羊城晚报》总编辑许光辉、《新民晚报》总编辑丁法章等新闻界的知名人士，他们看后大为称赞，并在年会上说，《常德晚报》刚刚创刊，在如此重大的突发事件中表现出色，难能可贵。特别是时效性强，没有漏报，前后策划有序，报道环环紧扣，显现了晚报的灵活性和冲击力。会后，《新民晚报》还将《新中国第一刑案》一文加以了转载。

2000年底，中国晚协组织全国140多家晚报进行年度好新闻评选，《常德晚报》送去的《"9·1"大案连续报道》稿件，得到专家评委的全票通过，荣获中国晚报好新闻特等奖。当时，全国共评出15个特等奖，地市级晚报唯有《常德晚报》获此殊荣。

2002年3月于深圳

脚踩云天

——记常德对口支援西藏隆子县的干部们

　　雪域高原我用脚步丈量过，白色的云朵我用手指数过。陡峭的山崖我像爬梯子一样攀过，辽阔的草原我像看书一样读过。我用心温暖淳朴的藏民，我用情装点这片土地。

——摘自一位援藏干部的日记

　　在高过我们头顶、海拔近5000米的世界屋脊，在距常德市航空距离近5000公里的雪域高原，是西藏的山南地区，从这里再往北翻越147公里雪山和草地，就是湖南省常德市对口支援的西藏自治区隆子县。8年来，常德市先后有20多名援藏干部在这里度过了一段难忘而又闪光的岁月。

　　2002年8月中旬，青稞飘香，记者走进高原，踏上了这片离太阳最近的土地。

高寒缺氧　远离亲友　这里只有艰苦的生存环境

　　隆子县位于西藏南部，喜马拉雅山东段北麓，海拔4040米。这里，空气稀薄，含氧量只有内地的70%，走路快了呼吸困难，心跳加速，晚上睡觉头昏脑涨，无法入眠；这里，山高路险，交通不畅，水电缺乏，连手机也打不出去；这里，大米、萝卜、猪肉要靠空运，煮饭、烧开水要用高压锅。

　　我到山南首府泽当的那天，接待我的是援藏干部、隆子县副县长周章平。刚下车他就叮嘱我，少活动、不洗澡、多喝水。我问为什么？他说，高原缺氧。当我快速走了几步后，立刻感觉到像是经历了百米短跑似的上气不接下气。

　　下午3点多钟，援藏干部、隆子县委书记王先蒙赶到了山南。从隆子到山南正在修路，要坐7个小时的车，要翻越两座海拔5000多米的雪山。我看得出，严重的高山反应写在他的脸上：面色潮红，成斑块状。

　　吃晚饭的时候，援藏干部、山南地区行署副专员李爱国也来了。他告诉我，在这里千万不能感冒。如果感冒了，容易引起肺水肿，再一严重就会导致脑水肿，弄不好会丢了性命。他说："我和王先蒙等人都患过肺水肿，长期在这种环境下生活，血压也升高了。"

　　学会战胜孤独和寂寞是援藏干部必须闯过的一关。他们都有同感：刚来时，人生地不熟，一个人走在空旷的高原，放眼望去，前无行者，后无来人，只有光秃秃的山、低矮的云和一望无际的平川。这种感觉就像与世隔绝，被人遗忘。每当此时，特别思念家乡，思念亲友。援藏干部、隆子县常务副县长向美华今年买了1000多元的书，工作之余就是读书、写日记，以此排遣孤寂的时光。

思乡的滋味很不好受，是人都有七情六欲。去年常德市人大代表团到隆子县，在离别的晚餐上，向美华给家乡客人敬酒时只说了一句话："我真想跟你们回家！"在机场挥手送别的那一刻，所有援藏干部朝着家乡的方向都流下了眼泪。

李爱国1998年5月进藏，曾任隆子县县委书记。他每次回家再去西藏，七十多岁的父母都要坚持送他。行船跑马三分忧，儿行千里母牵挂。他这一去远隔千山万水，要一年后才能回来一趟，老人不知今年送了，明天还能不能送。

踏破艰险　不辱使命　他们是常德人民的好儿子

隆子县玉门乡距县城200公里，1996年这个乡只有1户人家，4口人，可能是全国人口最少的乡。

1996年5月11日，援藏干部廖爱民与隆子县委组织部4人同行，向玉门乡挺进。当时玉门乡不通公路，需在中途下车，再骑马走8个小时。当他们走到海拔5000多米的玉堆山时，山下是小雨，山腰是鹅毛飞雪，山顶是狂风大雪，积雪深达1米多。高寒缺氧，就连雨衣上的一个细带子，结冰之后也变成了像大拇指粗的绳子。高原上剽悍的马也不行了，肚子像拉风厢一样，死也不肯走了……经过三天艰苦跋涉，他们终于到了这户人家。这个家庭只有老父、两姐妹带1个小孩。就在这户几乎与世隔绝的藏民家里，他们给卓嘎、央宗姐妹讲党课，将她们列为入党积极分子。

1997年10月25日，姐妹俩同时入党。这天，援藏干部、时任隆子县县委书记卢武福等人也走进了玉门。在卓嘎、央宗俭朴的家里挂起了鲜红的党旗，为她们举行了庄严的入党宣誓仪式。如今，玉门乡已迁来了6户人家，共有25人，卓嘎还当上了玉门乡乡长。

贫穷落后没有让援藏干部心灰意冷，山高路险没有吓退援藏干部的雄心壮志。他们时刻牢记家乡人民的重托，用自己的实际行动，踩出了一行行坚实的脚印。

2002年5月8日，几位援藏干部去准巴乡检查修路架桥工程，由于海拔高度不同，沿途遇到的天气状况也不一样。走过这段路，等于走过了春夏秋冬。一路上他们经历了大太阳、大暴雨、大风雪、大冰雹。车到加玉乡又得下车步行，走一个来回就得8个小时。返回时，他们的脚也肿了，有的还磨起了血泡。好不容易租到了一台手扶拖拉机，开到河边又没有桥，他们只得将手扶拖拉机拆卸后抬过河再组装。从雪山流下来的河水，冻得他们浑身颤抖，可他们心里像一团火，因为过不了多久，这里自古以来不通公路的历史将被改写，一条新铺成的公路就要在他们的脚下延伸。

王先蒙连续两届援藏，历时5年，一个最重要的因素就是出于对西藏的情结，出于对一位将生命献给了西藏的援藏干部的深切怀念。

1999年9月的一天，王先蒙与援藏干部、隆子县农发办主任何文英赶往300多公里外的拉萨去争取项目。哪知返回途中，汽车遇到了泥石流形成的稀泥路段，一脚刹车，方向失灵，汽车连翻几个跟头滚下山去。当王先蒙血迹斑斑从破碎变形的车厢里爬出时，何文英的主动脉已被玻璃割断，他最后的一滴血已流进了西藏的土地！他才34岁的生命已永远融入了雪域高原！

何文英出葬那天，隆子县县城沿街密密麻麻站满了藏族同胞，藏民们争着将一条条洁白的哈达盖在他的遗体上，正准备前往边境执行军事任务的数百名边防军官兵，持枪列队，为何文英送行！

经济发展　社会稳定　他们干出了耀眼的工作业绩

在隆子县采访期间，我去了一趟与之相距130公里的错那县。这个县此前没有对口支援的地市，也没有进驻援藏干部。我所见到的县城房屋低矮破旧，道路泥泞，就像坐落在沼泽里一处远离现代文明的乡村集镇。随行的藏族女干部巴桑卓嘎告诉我："8年前隆子县城也是这个样子。现在我们县城有两条水泥大道，中小学教学楼、广电大楼……都是援藏给我们带来的变化！"

常德市援藏干部进驻隆子县后，首先解决制约经济发展的瓶颈问题，实现几个梦想：乡乡通路、通电、通信，改善水利设施条件，增强抵御自然灾害的能力。经过几届援藏干部的努力，目前，隆子县乡乡通路，有一半乡镇通电并开通了程控电话。1999年被泥石流冲毁的县电站已重新崛起，如今已给藏族群众送去了光明。在建的阿涡夺水库总投资1.28亿元，明年建成后，将新增灌溉面积5万亩，相当于再造一个隆子县的耕地面积。两条骨干道路于2001年5月全线动工，总投资1.06亿元。明年再去隆子，人们就会走上平坦的大道。县里与自治区农科院建立的黄牛改良基地，产奶量增长了70%以上，比过去翻了两番。总投资300万元，其中由常德市投资150万元援建的隆子县中心小学教学楼，9月1日，藏族小朋友已经从那明亮的教室里传出了琅琅的读书声。

隆子县虽然只有3万多人口，但地盘相当于常德市一半以上，其与印度接壤的边境线长达163公里。这里自然灾害频繁，对敌斗争复杂，宗教气氛浓烈，反分裂任务繁重。这些年，援藏干部把维护社会稳定当作第一要务来抓，全县呈现出的是社会安定、民族团结、边防巩固。8月12日，我去隆子县看守所采访了解到，去年全县仅发生1起刑案，如今监狱里只关了1个人。

一次赴藏短暂的采访，使我受到了长久的感动。在万里之遥、万山之巅，在严酷的自然环境里，援藏干部像雄鹰在高原上飞翔，像骏马在草原上奔跑，那种不辱使命、壮志凌云的精神风貌感人至深，他们是常德人民的骄傲！

原载2002年10月8日《常德日报》

情回桃花源（节选）

（电影文学剧本）

武陵山脉腹地，人迹罕见。四周环山的深凹处，隐隐约约可见桃花源秦人村。穿过宁静、茂密的竹林，沿着哗哗流淌的桃花溪水，但见云雾缠绕的田园，打柴的樵夫，悠然食草的牛羊，还有声声清脆悠扬的鸡鸣……

《桃花源》主题歌响起——

天上桃花源

神仙无恩怨

腾云驾雾乐逍遥

传唱千万年

武陵桃花源

山水绕田园

男耕太平女织美

世外隐悠然

心中桃花源

道义胜刀剑

立身为善走天下

仁爱藏心间

啊，桃花源

我的情天

我的向往

我的思念

秦朝年间，湘北地区遭遇千年大旱，赤地千丘，池塘干枯，田地龟裂，农民颗粒无收。

桃花源的景象与外界截然相反，山溪旁花果满山，稻田里谷穗低头，一片丰收喜悦的景象。远处，一群男男女女正在捕猎。

一只梅花鹿飞快地顺着山溪向一处洞穴奔跑，"姐姐，快来啊，梅花鹿跑进秦人洞了！"易朵云一身猎装，英姿飒爽，手持弓箭呼喊。

易小春策马赶到，指着洞口说："今年溪水降的蛮很，可以走人。朵朵，快追啊！"

于是，两人向秦人洞深处追赶。

桃花源与外界连接的唯一通道秦人洞，水淹数百年。随着沅江深水潭水位下降100余米，已亮出了一线外面的世界。

姐妹来到沅江边，没有理会那只梅花鹿跑哪里去了，而是被眼前天宽地阔的情景惊呆了。易朵云惊叹不已："姐姐，怎么世界这么大呀，原来洞外还有天呢！"

"是啊。朵朵，我们再走远一点看看好不好？"

"好啊！"

两人翻身上马，向水溪小镇方向走去。

沿途所见所闻，令她们不可思议。人们的衣着打扮、生活情景完全是另一番天地。与人相遇，彼此都会十分诧异，良久审视。

沅水两岸，农民衣食无聊，挣扎生存。官府无能无视，催粮抓夫，横征暴敛。官吏横行霸道，凶残欺压，百姓饿死、逼死、打死不计其数，民众已经到了反也死，不反也死的地步，到处都是烈日下的火药桶，随时都会引爆。

陶一山被五花大绑在一棵樟树下，身上被打得皮开肉绽，奄奄一息。一官吏打着赤膊，一手端着茶碗喝水，一手摇晃蒲扇，对着陶一山说："和官府作对，我看你有几条命！"说完，将喝剩的茶水泼在陶一山脸上，极度干渴的陶一山本能地舔食脸上流淌的茶水。

"嗨，看来你还是想喝水啊，怕干死吧？"

陶一山顽强地抬起头，眼里火光燃烧，对官吏道："狗撮毛地！有种你跟我松绑，看老子不捶死你！"

"妈的，你是本官砧板上的肉，要剁要剐我说了算。跟我把他绑在太阳下暴晒，然后挖他心肝炒菜，老子晚上喝酒！"

众吏涌上，把陶一山绑押在烈日下的石柱上。

陶母蹒跚赶来，哭诉求情："大人，我儿年幼无知，不晓得天高地厚，请您宽恕啊！"陶母丢掉拐杖，跪在地下连连叩头。

陶一山心如刀绞："娘，宁可求鬼神，不可求禽兽。"

母亲没理会儿子，跪地前行到官吏脚下，抱着官吏的腿哀诉，"我四个儿子和我的丈夫都被征召去北方打仗，他们先后血洒疆场，命归黄泉。我现在年老体弱，病魔缠身，衣穿不上身，饭弄不上口，这个幺儿要是再去充军征战，我生活无着，我只有悬梁自尽啊！"

官吏飞起一脚将陶母踢开。众人怒火中烧，敢怒不敢言。

"不去也可，交粮80担，鱼50担。"官吏威逼说。

一位余大爷走出人群，他说："大人，今年大旱千年一遇，地上稻谷枯死，河谷鱼虾晒死，人家去哪里筹集！你们这等逼人，就不怕天怒人怨吗？"

话刚落音，官吏提起茶罐就砸在了余大爷头上，余大爷倒地，血流不止。"看你还多嘴多舌！"官吏对着老人恶狠狠地说。

水溪街头，易小春和易朵云在人群中四处观望，稀奇不已。一孩童见她两牵马背弓，以为是武林侠客，急忙钻进人群，一把拉着易小春的衣角："姐姐，我爷爷被官府打破脑壳了！求你救救他！"

"老人也打？这里是什么世道啊？"易朵云怒不可遏。

易小春急忙问："在哪里？"

"就在镇子那头。"孩童拉着她们直奔而去。

官吏小头目训斥众人："居然有这么多人和本官作对，你们反抗我就是反对朝廷！知道吗？本官不杀个鸡给猴看，你们还以为我是吃素的。来人，把陶一山开肠破肚，取出他的心肝，给这些贱民看看！"

小吏取来弑牛刀，端来一盆清水，准备行刑。

官吏走到陶一山面前，一瓢水泼在陶一山胸前，用刀拍打他的肚皮，满脸凶残地说："小子，你就是这么个命，生来就是我下酒的菜。"

就在官吏举刀下手的瞬间，易小春赶到。只见她"拍"地挥出长鞭，鞭头在空中飞出有力的出弧线，直抽官吏的手腕。

官吏的刀应声落下，他惊恐地回头，易小春又是一鞭抽在官吏的脸上。

众人不约而同高喊："打得好！"

这时，二十多岁的林传道再也憋不住愤怒，一马跃出人群，大声说："是男子汉的都站出来！痛打这群狗官！"

官吏捂着脸，怒吼："你们这是谋反，我要诛杀你们九族！"

大家一哄而上，一些人纷纷去救陶一山、陶母、余大爷，一些人围着官吏们穷追猛打。领头的官吏被林传道几个年轻人抛向空中，落在石磨上活活摔死。

官兵出动追击，民众跟着林传道朝汤家山撤退。

众人来到山上，有的擦拭刚才从官吏手中抢夺的刀戟；有的自己动手制作武器；有的说："这世道安安静静种田都没法活，官府非要把我们往死路上逼，不如就这么跟他们对着干！"

溪水边，易朵云正在用草药给陶一山处理伤口。女性特有的温情让陶一山忘了疼痛，他把腰板挺得直直的，一副硬汉样子。易朵云见状，轻轻推了他一把，温柔一笑："你疼就说啊，不要忍着嘛！"

"好。你家是哪里的？等伤好了，我要去你家登门致谢！"陶一山问。

易朵云轻轻说："我家是神仙居住的地方，那里没有官府，没有追杀，只有平静的生活。那个地方只有神仙才能知道哦。"

"好迷人的地方啊，你能带我去吗？"

"不可以。我们已经五百年不与外界来往了，我和姐姐这次误打误撞跑了出来，已经破戒了，还不知回去如何是好。"

"朵朵，和渔郎说我什么啊？"易小春喊陶一山渔郎，向他们走去。

一座高山一字排开，山对面是溪流和田地，山的缓坡上有不少人家，这里就是汤家山。林传道的家是一座木板瓦房，后屋背靠大山悬崖，一股山泉用剖开的竹子作槽引水，长年流经房前屋后。

林传道走进家，母亲正在打理祖宗灵牌。林传道跪地："娘，孩儿不孝！我刚才在水溪镇和众人斩杀了官吏，我这是来向您请罪告辞的！"

林母听罢，不禁打了个寒战。她缓缓转过身，使劲用竹刷打在林传道肩上："从小到大给你讲过多少次了，拳头只可打流氓地痞，不可打衙门官吏。他们拿江山和万众的性命和你对抗，你拿什么和官府较量！"

"娘，是儿一时冲动捅出祸来。"

"哎，这世道魔鬼当道，做好人也难啊！"

"娘，儿出手也是为了伸张正义！"

"家里的事你不要管了，你赶快出去躲一躲吧。"林母一边擦去眼角的泪水，一边扶起儿子。

武陵郡府内，壁垒森严。

郡丞祁舟："禀报老爷，沅水县水溪镇发生民众谋反，打死官吏一人，重伤八人。经查，为首的是汤家山林传道，另外两名女子打扮奇异，不像本地人氏。"

太守白打攉一脸杀气："马上捉拿归案，斩杀示众！"

"回老爷，林传道武艺高强，在汤家山一带名声远扬，两名女子也身手不凡，一时捉拿恐怕很难。"祁舟转动几下阴沉的眼珠，接着说，"不过，我有办法让林传道出来。"

太守抬头望了一眼祁舟，得意地说："你是我名下耍弄阴招毒计的烂种，不妨说来听听。"

"林传道是武林中人，讲的是江湖义气，只要我们把参与闹事人的家人抓起来，他自然会带那些闹事的人出来，到时候我们再一网打尽。"

"这也算妙计？你当我傻瓜啊？不过，也只好这样。现在到处都是反抗，我不杀他，我就会被他所杀。令，沅水县令安德华带队缉捕，你去督阵！"

水溪镇被官兵团团围住，所有的人都被赶到街头屋场前。许多参与对抗官府的人，他们的母父，妻子儿女被抓去吊在树上拷打。

县令安德华对大家训话："官府是为民众服务的官府，是为民众谋利益的官府，我们除了民众的利益没有自己的利益，我们的一切都代表民众，这就是我们的根本要旨。"下面一阵起哄。

安德华指指吊在树上的人，继续说："有些人和官府作对，就是和民众作对，就是破坏民众的利益，所以，我们要镇压！"

一位胆大的老者挤到众人前面，问道："大人，我们好像没有要你代表我们啊？这些家人难道也有罪吗？"

众人附和："是啊，是啊。"

"刀剑在我手里，我就是代表！江山在我手里，我就是代表！我说代表你就代表你，你不点头，我就砍你的头！"说着，安德华厉声道："你们今天不交出参与谋反的人，一律诛杀！男人砍头，女人沉塘！"

"大人，老人孩子无辜，求你们放过他们吧！"

"开恩吧，大人！"众人呼天抢地。

"来人，把陶一山的娘捆绑沉塘！"安德华下令道。

陶母对着安德华大声说："你逼我儿造反，他成了英雄一定饶不了你！我死了变成鬼也会放过也你！"

官兵将陶母打倒在地，捆绑手脚，强行装进竹笼里。

"老天爷呀，黎民冤杀，你不会作天，你塌了吧！"陶母绝望愤怒地喊道。

"沉塘！"

几个官兵抬起竹笼，将陶母扔进了堰塘里。

一串串水泡不断冒出水面，一个生命在一点一点消失……

林传道带领一百多人下山，直扑水溪镇营救被抓扣吊打的民众。沿途有人自愿加入，队伍在不断壮大。

只见林传道和易小春打马飞奔上前，离官兵还有数十米远，林传道站在马背上腾空跃起，一个"雄鹰展翅"，立马到了官兵头顶。接着，他的脚像踩瓦片一样，从一拨人头顶踩过，被踩的人个个头昏目眩，摇晃倒地。

易小春骑马直达人群，直取县令安德华，众多衙役护卫，易小春扬鞭连击，衙役纷纷倒下。此刻，安德华孤零零困在晒场中间。

"一击鞭，打你狗眼不打偏！"

"二击鞭，打你黑心无耻脸！"

"三击鞭，打你跪地做鬼喊！"

易小春三鞭下来，安德华已躺在地上动弹不得。

又是一队官兵围上来，易小春腹背受敌。一个箭手躲在树后，放箭射中易小春右臂。安德华趁机逃脱，易小春被官兵掳走。

易朵云使出她的看家拳——桃花拳。她边打边念，"童子拜观音"、"仙人摘桃"、"桃枝打鬼"。她越打越勇，官兵节节败退。

一些乡亲在拼命呼喊："快呀，快把竹笼打捞上来，恐怕人还有救！"林传道等人跳进水里，将竹笼打捞了上来，赶紧拉出陶母。

陶一山几拳打走对手，飞奔过来，双膝跪地滑行而至。他一把抱起母亲，"娘，娘！"喊声凄厉。

"是儿害了你啊……"陶一山泣不成声。

陶母嘴里冒出很多水，还剩有一丝呼吸。她的嘴艰难嚅动，像是有话想说，陶一山急忙附耳倾听，陶母声音微弱，"一山，娘好冷。你快去躲……

躲……"陶母话没说完,便撒手人寰。

陶一山泪如雨下,双手捶膝,以头撞地:"娘啊,我惹也是灾,我躲也是祸啊!这是为什么呀?这是什么世道啊!"

方竹村临水靠山的吊脚楼里,大家都围着林传道。

"人生在世不满百。我们为何要冤屈自己,大不了和官府拼个鱼死网破。林师傅,你牵头,咱们一起反!"铁匠张达说得斩钉截铁。

"我们还退让,说不定明天还会有更多灾难。不如破釜沉舟,直捣官府。"渔夫文来武说完,狠狠地吸着旱烟。

邢麻子把拐棍往桌子上一拍,一脚撂在板凳上:"我们一群讨米子无家可归,在这个世界上也无牵无挂,老子巴不得掀他个底朝天!"

"传道,生在这个世道,你反也得反,不反也得反。也许,这就是我们的命,总有一只无形的手,推着我们走!"书生江上虎说得有板有眼。

陶一山满脸悲伤,但眼里怒火闪亮:"我家世代从军,为保卫这个朝廷血汗流尽,付出生命。可就是我们保护的朝廷,杀害我的母亲!我再要顺从他们,我等于是在杀害自己的亲人。"

"我是水溪周家湾第八代隐士拳的传人,我愿意揭竿而起,和大家一起干!"陶一山拳头砸在桌子上,意志刚毅。

"好,我们就跟着林师傅和一山干!"众人附和。

林传道起身,精神抖擞,他说:"天下苦难,官府昏暗,江山失去了颜色,美人没有了姿色。天怒人怨,我们必反。一剑在手,我们就认一个理:无论什么剑,杀好人的就是坏剑,斩坏人的就是好剑!"

易朵云在一旁竹林里伤心流泪，姐姐被抓走，不知是死是活。她在后悔，那天为什么要出门打猎，为什么要追出洞穴，为什么不守规矩跑出了桃花源？姐姐要是有个三长两短，回去怎么向爹娘交代？

　　朝夕相处的人一旦分离，许多曾经的往事都会成为美好的回忆。易朵云的思绪一幕一幕回到了桃花源……

　　小春和兄弟姐妹一起，在桃花丛中采蜂蜜；

　　桃花林里，云蒸霞蔚，一对男女青年在桃树下交换定情物，小春和一群青年突然出现，欢笑和羞涩撒满花园；

　　渔童划着小船，小春和朵朵分坐船头船尾，向水里投放丝网。渔船从湖面穿山过水，只见山上林茂树密，四周悬崖绝壁环绕，头顶是圆圆的天，眼前是圆圆的湖。她们悠扬的歌声，在山水之间回荡。

　　晒场上，悠然打谷、扬谷的女人，小春摇着风车吱吱地响，饱满的谷粒装满箩筐。

　　竹林里，老汉在细细饮酒，不远处，有农夫耕田。弯弯的山道边，朵朵牵着牛，牛儿甩着尾巴，小春在后面轻轻拍打牛的屁股。

　　一片宽阔的草甸上，马蹄翻飞，青春洋溢。小春和一群男青年骑马射箭。

　　大雪覆盖，山林寂静。唯有农家屋前，男人在打糍粑，女人在缝新衣。堂屋里烧起树兜红火，老人围坐火塘边，神情怡然，孩童个个红光满面，小春和几个姐妹试新作的花衣。

　　（未完，略）

　　春天来临，暴雨如注，沅水迅速上涨。

一条通往桃花源的泥泞的路上，两匹战马疾驰而过。陶一山和易朵云骑着一匹白马在前，林传道和易小春骑着黑马紧跟在后，马蹄翻起一路泥浆。后有追兵，他们必须赶在沅水淹没进入桃花源的洞口前到达。

"他们在前面，快追！"一群官兵打马紧追，弓箭手不断放箭。

飞箭一支一支从易小春他们身边擦过，"朵朵，再快点！应该离洞口不远了！"易小春背靠林传道，一边射箭，一边催促。

"我知道，姐姐你放心！"易朵云也是背靠陶一山，手握弓箭。

就在易小春弯腰取箭时，两支流箭射中林传道肩部和易小春胸膛，林传道"哎呀"一声，一个侧翻，从马背上跌落地下。易小春也重重地栽了下来。

林传道迅速扶起易小春，"快上马！"可是，易小春伤得很重，她已经无力爬上战马。

陶一山勒住马匹，战马一声长啸，扬起前蹄。易朵云迅速下马，射箭掩护。她心急如焚，对着林传道大喊："快呀，水涨的很快，狗官追的更快，不然来不及了！"

追兵越来越近，像一阵乌云席卷过来。领头的马匹被易朵云一射翻在地，后面的追兵被绊倒，人仰马翻，乱作一团。很快，又有几匹马越过障碍上前猛追，情形万分危急。

郡尉陈协率先冲锋在前，挥刀狂叫："活捉重赏！快追！"

林传道使劲扶起易小春上马后，迅速与陶一山他们撤离。

"快走！不能让狗贼看到我们进入洞口的方位！快！"易小春依然背靠林传道，大声喊道。

易小春咬紧牙关，连续射箭，阻止敌兵追击。然而，又是两只飞箭射中了易小春，其中一只穿过易小春胸膛，伤及到了林传道后背。易小春一把拔出箭来，顿时血流涌动。她屏住呼吸，用拔出来的箭，使尽最后的力气瞄准杀气腾腾，追击而来的郡尉陈协。这一箭，穿过风，穿过雨，带着仇恨和正义，正中郡尉陈协脑门！陈协连人带马滚入江中，被滚滚洪水转眼吞没。

终于甩掉了追兵，找到了返回桃花源的洞口。易朵云他们抢在河水淹没通道之前，摸着水路走进了桃花源。不久，河水暴涨，桃花源与外界的通道淹入水底，他们与外界的一切恩怨归附平静。

撤退途中，易小春为掩护林传道数箭穿胸，身负重伤，在进入桃花源的洞口前香消玉殒。进入桃花源后，林传道经历人生大起大落，大喜大悲，看穿世道，随入道桃花源桃花宫当了道人。陶一山跟随易朵云来到秦人村，结为夫妻，从此过上了宁静的隐居生活。

绿树环抱的山窝里，桃花宫在香烟和云雾中隐现。

踏着细雨，陶一山一手撑着雨伞，一手挽着易朵云向桃花宫走来。殿内肃穆，寂静万般，一盏青灯照着林传道。他盘坐在大堂中央，背影投射到墙上，高堂大殿特别清静，仿佛连一粒尘埃落地都能听见。

林传道背对着他们，易朵云细步移近，林传道的耳朵轻微一动。

"一生万，万归球，一天星辰归宇宙。一人来，一人去，一时红尘永世寂。"林传道缓缓念道，不觉两行清泪滑出眼眶。

"姐夫！"易朵云对着林传道喊了一声，话刚出口，泪已断线。

林传道一动不动，轻言细语道："你们请回吧，我已遁入道门。往日的林传道已随小春腾云而去，一切美好已入九霄，天下本就没有宴席……

今天你们来还是我的亲人，以后再来就是香客，你我就是陌人。"

"兄弟，今生有缘，情在心间！且念，且珍重。"陶一山说。

"请回吧，二位。贫道归隐山林，万念俱空。"林传道的声音平静如水，没有任何涟漪。

陶一山和易朵云转身离去，默默走下台阶，背后传来林传道穿透灵魂的《一字谣》："一朵逍遥云，一山方竹林，一春桃花溪，一处秦人村。一隐世界静，一饮忘古今，一影成双对，一景满乾坤。"

伞，握在陶一山手中，易朵云依偎着陶一山，他们留下背影，缓缓朝桃花源深处走去……

此时，《回归桃花源》歌声响起——

　　　　人在江湖太凶险

　　　　输赢凭刀剑

　　　　都说落地皆兄弟

　　　　不如放弃仇和怨

　　　　来啊来

　　　　回归桃花源

　　　　外面世界太贪婪

　　　　荣辱凭金钱

　　　　都说名利陷阱深

　　　　何必拼命抢光环

　　　　来啊来

回归桃花源

男欢女爱太迷乱

恩爱凭哄骗

都说人情如薄纸

切莫虚伪度流年

来啊来

回归桃花源

啊，桃花源

隐秘的天上人间

心灵的清净梦乡

真爱的温情乐园

（剧终）

2013年3月于武陵桃花源

高立散文诗的美学追求

◎　苏小和

　　在所有倾心于土地，倾心于水的诗人中，高立以散文诗的形式向我们昭示着乡土的优美，宁静以及落后。他一边在楚地肥美的土壤里朝耕夕作，沐浴着沅澧人间人文气息的恩惠，一边又在我们这个纷繁芜杂，浪潮滚滚的时代里击节放歌；他一边小心翼翼地应付着社会、伦理给予他的生活，一边又在夜的深处深情地抒写着对草色青青的家园的怀念。高立的诗篇几乎浓缩了我们同时代的所有献身于诗歌艺术的青年人的基本生存状态和人文精神。

　　一、在传统与环境的中心地带，高立构筑了他的诗歌的楚地风格，这种风格灵动、抒情、浪漫，具备飞翔的品质，显示了江南诗歌的一个发展

流向

　　法国著名文艺理论家泰勒1869年在其《艺术哲学》中指出，种族、环境、时代是艺术走向至境的不可逾越的土壤，每一位真诚的艺术家必须在文化倾向，自然环境与人文环境，时代三者的中心地带构筑自己的艺术殿堂。纵览高立的诗歌，其美学轨迹与人生轨迹成正比，一边是诗歌从小家碧玉式的爱情，个体事物的思想演绎逐步走向带有浓郁传统人文精神的具有全方位意义的哲学空间和语言空间，一边是他的人生由醉心于一己之悲欢走向对社会、对艺术的深沉的思索状态。他由一个略显稚气，泪眼蒙眬的叶赛宁式的年轻人逐步变成了一个耽于思索，愤世嫉俗的成熟的年轻人。或者说，从文化总体的外围走进了文化的核心，所有关于南方人固有的性格、气质、观念、思维方式等方面的文化倾向，所有关于山清水秀的自然环境和楚文化浪漫神奇的人文精神的历史积淀，所有关于我们这个时代的政治、经济方面的澎湃跌宕，都一并进入了高立的诗歌空间。

　　"红雨伞，不知经历了多少三月的雨淋，不知染红了多少三月的云絮。轻轻的跫音，总是向春的深处叩进。"（《红雨伞》）

　　"打开窗棂，春天的故事早已变更，流失的春日，已无法拾掇，往昔，你不要向我朗诵，要记的我会永远记住，要忘的我会永远忘却。"（《我不认识你》）

　　怜物惜人，纤纤细语，情深意长，江南人面对爱情，就是这种恩爱而又伤感的心态，这些让人禁不住回想起月色之下初恋的诗行与屈原笔下湘夫人翘首盼君的形象，在文化与情感上一脉相承。

"楚女的家园很美，有起伏的山，有温柔的水，有待垦的地，季风来了，楚女把家园的风景剪贴在身上，她就成熟。"如此优美的风景孕育出来的当然是美的文化，是水的文化，一代文学大师沈从文先生偏爱水，他说："我的一生与水有关。"沈先生的作品是最经典的江南文学，他的作品之所以魅力无穷，其原因正是在于切入了一种地域文化。高立所拥有的江南风物宁静优美，他的笔端流泻出来的当然是美的诗行，是山清水秀的诗行。

"她要我回家，要我去田野放牧，去山里听泉，去看父亲犁田。"（《躺在楚女的怀里》）

"桃子的归宿在哪里，桃子的生命就在哪里延伸，就像山里的老人归宿于山里，山里的孩子又在山里诞生一样。"（《一个桃子的来龙去脉》）

这些诗中明显地揉进了道家文化回归大自然的思想。需要特别指出的是，庄子，陶渊明出现在南方，与长江流域的自然风物密切相关，这与黄河流域的民风和文风有所不同。

限于篇幅，我不可能把高立的诗篇逐首解说，这些诗令人耳目一新，尤其是这些诗中的地域特点和文化品位是我久违了的。由于具有较为深厚的文化积淀和对江南风物的准确把握，高立在文化传统与环境的中心地带建立起了他的诗歌走向，构成了他的诗歌的楚地风格，这种风格灵动，抒情、浪漫、具备飞翔的品质，体现了江南诗歌的本土特色。

我不是说高立的诗歌已经达到了很高的层次，但至少可以说他的散文诗篇已经呈现了这种诗美流向的契机，美丽而又神秘的楚文化对诗人的熏陶，使诗歌具有了传统精神与江南风情的精髓。说到这里，我想我可以总结出一点：高立把诗歌的营养来源放在源远流长的长江文化与神秘的江南风情之上，并以这种文化特别是诗歌流域的遗产作为写作的理论支点，吸收了众多的现代思潮。这与时下有些诗人们一味地效仿欧美现代诗歌截然不同。

二、在母亲原型慈爱博大的怀抱里，高立编织着他的诗歌的第一主题，这一主题包括对母亲、对土地、对水、对植物等一切美好的事物的歌唱，这些永恒的东西反过来使高立的诗篇具备了无限的灵感与动力

在高立的散文诗中，我们可以发现一系列的意象，从这些意象中我们可以发现一组心理内容形成的一簇心理丛，对这些心理丛加以分析，譬如语词联想测验，就可以发现在高立的无意识深处隐藏着被卡尔、古斯塔夫、荣格称为"原型"的东西。

女人　楚女　凉水　手掌　土地　田野　农家
茅屋　稻子　桃子　母亲　牛　　树　　草帽

从这些意象中，可以发现一个最中心的因素——母亲。荣格认为，一切与母亲有关的具有母爱性质的东西，一切能够引起我们的热爱与敬畏的东西，一切具有赎罪与保护性质的事物都是母亲原型的化身，这是一种历史层面上的人类文化的积淀，是人的深化发展的精神的集合物，是经过许多时代的反复经验所凝聚而成的东西。我们看到，高立的诗歌充满了对一

切与母爱有关的人物的怀念、赞美。这人类精神世界里最美好的原型在高立的无意识的深处，在高立所处的历史与社会中，如草色青青的家园，其中美丽的传说，传说中的阳光，沉默、平淡的土地与土地上年年繁荣的五谷，像一颗颗美丽的蓝宝石，放射出璀璨的光芒。也正是母亲原型，才使高立的诗歌找到了无限的灵感与动力，而对土地，对水，对植物等美丽的事物的歌唱，才成为他的诗歌中第一主题。

"草苗吹散了夕阳，踏着牛撒在脚窝的谷酒回家。"（《记忆中的牛》）

"躺在楚女的怀里，楚女的气息笼罩着我……我体味到一种从未有过的男人和女人的默契，人与自然的同一。"（《躺在楚女的怀里》）

"弹拔故乡阡陌的琴弦，往事爬上了起伏的麦浪，忧愁沉入了月夜的水底。"从容有加的诗行怀念着那些人物同一，宁静安详，超然于物的欲望之外的美好境界，枕着沉澧之间起伏的稻浪，诗人做着平淡与优美的白日梦。

"你仰天躺在山坡，抱着那把浸满汗渍和土地气味的锄头，再也举不起艰辛的人生。"（《祖父的锄头》）

"又见你躺在干裂的稻田，像一道野塍上的月口。"（《父亲》）

诗人的笔触切入故乡的土地，他一边怀念养育他的家乡恬淡平静的山内流河，一边在怀念之中加入一种温暖的批判，在微笑的歌声与含泪的歌声中加入一种对原始农业文化的普遍性与历史性的质疑，显示了他为一名诗人对故乡，对土地的清醒的批判意识，他对土地的古老与一成不变已经有了一种凝重的哲学家般的思索。

"春去秋来，桃树随着季节发芽、开花、结果。桃子，是人的复活。"（《一个桃子的来龙去脉》）

"编织的背篓泛黄了，磨亮了，那棵季节树爬满了藤蔓，就枯萎了。背篓，也就垒成了坟土。"（《背篓》）

凝重的诗行开始寻找土地深层次的内涵与人的生命的联系，生存与死亡这永恒的主题在高立的诗中庄严登场，他从生命的诞生到生命的归宿这一现象，联想到大自然的循环论，使个体的生命开始拥有永远的宁静与自由。这是高立思维世界的创世纪，是诗歌的质的飞跃，预示着高立的诗篇将彻底摆脱慵懒与柔弱，真正走向博大。

三、缘于内心的痛苦与冲突，高立看到了人生的悲剧性质，因此，他愤世嫉俗，大哭大歌，桀骜不驯，他要用艺术来拯救自我、拯救人生

我是了解高立的，他对人对物的感悟力极好，喜欢平静地读书，平静地思索，优雅的写作，但是，我们发现，在他的诗歌体系中，有一类作品游离于他的审美主体流向之外，与他的第一主题构成了内容上的背反。

"活着的时候各居一方，死去之后相对无言，默默听任命运的重新安排。"（《草把》）简直就是木讷的农民形象，字里行间有一种冤屈在。

"失去了本性，便失去了自我。尽管力大如山，也摆不脱牧童子手里

的纤纤绳索。尽管日夜奋蹄，也走不出苦难沧桑的贫瘠。"（《犍牛》）

"犍牛的不幸，就在于只剩下一个雄性的符号。"（《犍牛》）

是什么力量使牛失去了自我，只剩下一个雄性的符号？高立用了陈述的方式来提出困扰于心头的问题，来发泄他的内心的愤懑。

"在蓝天绿草之间，原始的烈性终于挣脱缰绳，如一支脱弓的疾箭，从循规蹈矩的马群中奔突而去。"（《烈马》）

这是一种本质意义上的反抗，为自由而战，为个性而战，这匹从循规蹈矩的马群中奔突而去的骏马不是别人，就是高立自己！

这些诗行明显地与诗人灵魂深处的因为母亲原型而拥有的一份纯粹、一份优美、一份爱形成了二律背反，甚至影响了诗人在走向家园的过程所必需的淡泊、温柔、宁静的心境。这是为什么呢？在不断追问自己的同时，我想到了被卡尔、古斯塔夫、荣格发现的，隐藏在高立和我和所有那些生活在人世间或曾经生活在人世间，一面艰难地应付着生活，一边又躺在历史与社会的废墟上，草草地记录着所看到的、一切所想到的，一切的人的无意识深处的与母亲原型相对立的原型——人格面具。这种原型抑制着一个人无意识深处的那种与艺术，与审美有关的品质，扼杀人的个性，强奸人的心灵自由，把人格精神降低到庸俗伦理学的层面。高立恰好就处在这种尴尬的环境里，他一面怀念乡土，怀念平淡，怀念母亲，一面又要受诸如权力，约定俗成的社会契约，甚至愚昧意识的约束，他受到了压抑，一种从肉体到心灵的压抑，这种压抑使人难以理解更深刻的生命意识。这真是一种悲剧，一种所有那些视诗为生命的人的悲剧。是啊，我们视诗为生命，视自由为生命，但我们被压抑、被异化，一种因为物质的冲击甚至是某些难以言状的冲击下的压抑与异化，在层层历史的尘埃与缺乏自由的现代社会的尘埃的双重覆盖之下，在种种世俗绳索的捆绑之中，我们的肉体与心灵实在太孱弱了，我们就像一群无家可归的孩子。

但是，我们不可能去归隐，不可能去浪漫，我们必须用自己的力量去发泄，去反抗。因此，高立的诗歌中那些带有抗争性的诗行不是一般性的宣泄，而是一种具有形而上深度的悲剧性情绪，是高立的一种有意而为之的现象，它与第一主题构成了高立诗篇的整体。伟大的诗人哲学家尼采说过，人们打破一切禁忌，狂饮滥醉，愤世嫉俗，桀骜不驯，是为了追求一种解除个体化束缚，复归原始自然的体验。对于个体来说，只有解除束缚才有可能获得与世界本体融合的最高的欢乐。尼采把这种欢乐称为酒神状态。高立带有反抗情绪的诗篇正是为了越过种种羁绊，走向深刻的酒神艺术境界，这是一种深刻的进步，显示着诗歌承担起生命的最高使命的清晰的美学轨迹。

高立自己说得好："在生命的河流里漂浮，酸甜苦辣给了我营养。该爱的，我义无反顾地爱；该恨的，我毫无顾忌地恨。"这是真正的高立本体，作为诗友，我真诚地希望高立就这样义无反顾地爱下去，恨下去！

原载《诗歌导报》1992年5期

（苏小和，财经作家、文艺评论家）

红雨伞中的天地

——品味高立和他的散文诗

◎ 覃柏林　田　云

　　湖南人民广播电台，现在是《湖南文艺》节目时间，播放文学专题《红雨伞中的天地——介绍高立和他的散文诗》。

　　（悠然清新的音乐扬起，后压低混）：

　　那把红雨伞，在三月的小雨里，移动温存。三月的小雨，是红雨伞盛开的季节。

　　伞外的细雨，伞内的细语，轻轻地下个不停，永远重复同一个主题。

　　红雨伞，不知经历了多少三月的雨淋，不知染红了多少三月的云絮。

轻轻的跫音，总是向春的深处叩进。

呵，三月的红雨伞，雨里燃烧的火焰，雨里走动的晴天。

听众朋友，您刚才听到的《红雨伞》这首诗并不是出自名家大笔，而是出自我省一位普通的机关干部，他就是临澧县文化局局长高立。

高立，从小就深受楚文化的熏陶。从学生时代起，他那纯朴心灵就孕育着一个至善至美的梦幻。他当过知青、战士、工人、干部。二十多年来，他对这个美好的梦幻，始终情愫缱绻，一往情深，总是以青春的激情，日益成熟的诗艺，去寻觅，去描摹，去创造诗的意境，去追求美的人生。

现在，我们撑开这把红雨伞，让扑面而来的泥土芬芳和诗的激情沁入您的心扉。

爱情，是人类文学创作的永恒主题。感情丰富而性格内向的高立，凭着一支特有的短笛吹奏着深沉的歌谣，显示着自己的个性特征。

请听高立的爱情诗《相遇》：

于当初分手的小巷，我们又一次相遇。躲躲闪闪，总没有走出那个魔圈，抬起的头只好低下，平视的目光只好移开。这样相遇，真不如永久分离。

尘封的言语，倾泻在雨季，不愿流露的情绪，滑过雨伞的斜面。虽然，我们比熟悉的人还要熟悉，但此时，我们比陌生的人还要陌生，只是这条路，总在脚下圆润。

已是不同季节的两棵树，我们的根须，已生长在不同的土壤，我们枝丫，也伸向不同的天空。你开花时，我在结果，你结果时，我在落叶。你我的树上，再也长不出相同的诗页。

伞，不要斜对着我。我，不可能走进你的伞。你，也不可能走进我的树。你的伞下，已有人同行。我的树下，已有人躲雨。（音乐压低止）

这是一次特定环境的邂逅，流露出处于现代意识与传统观念临界点上一部分人的心态。一对当年的有情人，由于众说不清的原因分手于僻静的小巷，然而，有一天他们又在这分手的小巷相遇了，躲闪也好，低头也好，总是逃不出命运的魔圈。因为命运，原本很熟悉的人，而今却比陌生人还要陌生。爱情的命运总是这样阴差阳错，是多么揪心痛楚，而又是多么无可奈何啊！作者在爱的迷误，爱的困惑之中，敢于说真话，吐真情，正视现实，显示了作者纯洁的情怀。

不管是谁，总是对自己的亲人和家乡怀着一种特殊的感情，作为诗人高立更是如此。他总是把这种感情"形于色辞"，用优美的旋律弹唱出来。请听《血坟——写给我的祖母》：

（音乐起压低混）

于肃穆幽谧的祖坟尽头，于墓石林立的碑文缝隙，我苦苦寻找另一支根须。

祖母，你在哪里？沿着那条禁忌的血路，我终于在大山的深处，云雾的底层找到了一坏血坟的痕迹。祖母就孤眠在这里，祖母的血水就泼在这一块地方。

望着与山起伏的坟土，我忽然感到有一种色彩在山里流淌，有一种声音在云里回响，有一种激情在血脉里奔放。

祖母，我抚摸的黄土是不是你的皮肤？我牵着的云彩是不是您的衣角？我拾起的枯棍是不是你的拐杖？我总觉得，你是我背后慈祥的阳光，我离你很远，你距我很近。

追寻祖母的踪迹，血红的云潮挡住了我的去路，啼血的鸟鸣迷失了我的方向，唯有满山风吹不息，雨淋不灭的火红的杜鹃花展现在眼前。

于是，我跪向大山，叩拜祖母。

这是一幕刻骨铭心的寻根图，作者通过对祖母不幸死于难产的凭吊，挖掘出一种最大的不幸，即我们这个古老民族，某些愚昧、落后的传统习俗，仍深深盘踞在人们潜意识里。作者跪向大山，叩拜祖母，既体现了祖母与大山融为一体的高大形象，也表现了作者对我们古老民族深沉的忧患意识。（音乐扬起后压低混）

近几年，高立经常出差在外饱览祖国大好河山，拓宽了胸襟，延长了情丝，他足迹所到之处，都以灵感的镜头，摄下诗的底蕴。

1991年8月，高立参加了在北大荒召开的国际丁玲学术讨论会，面对广阔无垠的黑土地，诗人写下了他的代表作《北大荒》：

天无云，地无垠。哪是头？哪是脚？攀援你的肩头，足够我毕生追求。

刀砍过，火烧过。漫无边际的苦难，无法放眼丈量。

翻开四季的履历——你是海，泛起的春潮，宽阔的胸怀，孕育了无数生机。你是慈母，伴七月的阳光雨露，把长高的土地打扮梳妆。当遍野挂满了金黄，收割的刀子便向你举起。于是，你挺胸亮膛，任收割的劫难掠走喜悦。你伤痕累累地躺在苍天之下，待一场瑞雪包裹创伤，便安然沉睡冬季。

啊，北大荒！你既然这么广阔，你就作我的刑场吧。你既然这么无私，你就把黑土揉成一九枪弹吧。

让你的广阔，把我的渺小绑赴刑场。让你的无私，把我的狭隘对准枪口。

朝我开枪，上帝！请把北大荒射进我的胸膛！

不难看出，作者对这片黑土地爱得疯狂，爱得不要性命。他甚至命令上帝：向我开枪，希望把北大荒射进胸膛，这种真情揭示作者眷念土地的心理历程。以北大荒为题材的诗章并不少见，可是读了高立的《北大荒》，谁不为之动容？难怪诗人于沙无不感慨地说，"读了高立的《北大荒》，我从此再也不写北大荒了"。（音乐再起压低混）

诗如其人，诗品即人品，请听《岳飞墓》：

是你，一棵訇然倒地的铁树，把杭州砸了个窟窿，才有了西湖。

是你，千里征战还在挥洒的血汗，流下山麓，才有了西湖。

悲壮，在墓前徘徊。没有一滴眼泪，没有一声叹息，唯有一腔浩然正气。

你死于舌尖的屠戮，你死于背后的疆场。三十八个叱咤岁月，你活的轰轰烈烈，你死的惊魂动魄。

满目的碑林，砍去了头颅，剁去了双手，裸露的全是你"精忠报国"的背部。苍劲的松柏，繁衍你的筋骨。当空的日月，播撒你的血脉。

叩拜在你的墓前，让刚直的力度，撞碎所有转弯抹角的歹毒。

这是发自作者肺腑的感情表白，这是诗人的心灵之光。诗人感叹民族英雄生活得轰轰烈烈，死也死得惊心动魄。在作者看来，"满目碑林，裸露的竟是你'精忠报国'的背部"。主题鲜明，形象逼真。诗的结尾，诗人高呼"让刚直的力度，撞碎所有转弯抹角的歹毒"，这是诗歌品位的飞越，这是诗人人格价值的飞越，这种品位和人格美的飞越是建立在他的抒发人民之情、抒发时代之情基础上的。

对《红雨伞》这本诗集我们不能局限于一般意义上的理解。伞内的天空和大地是五彩缤纷的，伞外的天空和大地更是灿烂辉煌的，我们听听作者是怎样说的：

（高立录音）"写散文诗一如垂钓，得之不喜，失之不忧。话虽这样说，但凡垂钓，得之总比失之为好，写诗毕竟是件很美丽、很快乐的事，不管怎样，我还是要继续写下去。"人年轻，路还长，但愿高立在通往诗的伊甸园的途中，一步一个足印，不断地向着真、善、美的更深层次，开拓奋进。

听众朋友，刚才您听到的是文学专题：《红雨伞中的天地——介绍高立和他的散文诗》。这次节目播送完了，谢谢收听。

《红雨伞》，1992年10月三环出版社出版

（覃柏林，著名诗人；田云，媒体记者）

在倒计时中思考人生

——评高立散文集《人生倒计时》

◎ 向敬之

对于倒计时这一概念，我们都是再熟悉不过了，读书时期每每遇到较大型的考试，班主任或班干部总喜在教室醒目的地方，用粉笔写一个倒计时，起着似有不小价值的提醒和警示。这一精彩模式，在作家张平的《国家干部》中也是一个频频出镜的场景，那个认真也憨厚的马主任，每天都支起木梯去翻党代会召开的倒计时牌，暗示着人民利益的捍卫者，立党为公，执政为民，坚持有步骤地与地方势力、宗法势力和大小既得利益者进行斗争，不惧紧迫，不怕长久，终于在不用再翻倒计时牌的时候，对邪恶势力予以了致命一击，展现出民心、党心、道义良心所呼唤渴望的新时代英雄的精神、风采和境界。尤其是2008年，邻近北京奥运会开幕前夕，倒计时的钟摆声，随着《北京欢迎你》的旋律，激动着中国人乃至全人类向往和平的内心。

高立更是一个达观的性情中人，以"人生倒计时"标注书名，给了我一个清新的印象。如此确乎匪夷所思，甚至有些咄咄逼人让读者不想接受，但细细体会，人生于世，呱呱落地之时，既是一个日益旺盛的生命开始，也是一个趋向朽灭的人生起点。生与死，如同一枚硬币正反两面，共存共荣，这是一个现实的哲学话题。有人频遭大难不惧生死一瞬，有人暂克时艰倒会贪生讳死。类似问题，怎样辨析，不是空空几句大话所能评议，然而往往一次笑谈使之海阔天空。活在尘世之中，就得好好地活着，不用担心与死神邂逅交手，一切泰然处之、坦然待之，自是活得更为充实、滋润与洒脱。身体违和，心神焦郁，工作、事业中途受阻，一一都宜学学高立一般思索生命、洞晓人生，运行一个让人只想否定又不得不肯定的辩证思维。长路漫漫，终有一极，怎样走过，看君如何珍惜与参悟。直面生死，脚踏实地地想好、做好每一件有意义的事情，把人生的倒计时一分一秒，来一个顺计时的争分夺秒，分享其中的称心惬意，得到的也自是心明眼亮、风顺一帆。

中国传统文化中不少文人，自老庄孔孟伊始，对于死的话题并不忌讳，甚至在生前写文自挽、做好坟墓安排自己死后的肉体，一种旷达的死亡观貌似反常却并非异常。《史记·孔子世家》记载，哀公十六年（前479），孔子生病，学生子贡前来看望，孔圣人正拄着拐杖在门前散步，说：你怎么这样晚才来呀？边歌唱"太山坏乎！梁柱摧乎！哲人萎乎"，边含泪告诉子贡："夏人殡于东阶，周人于西阶，殷人两柱间。昨暮予梦坐奠两柱之间，予始殷人也。"殷人把死者放在房子的梁柱之间祭祀，而孔子本是殷人的后裔，他梦见自身坐在两柱之间受祭，所以他预感自己将不久于人世。有着千古至圣、万代师表诸多嘉誉的孔二先生，无意识地自祭了一番，煞是可爱。另有唐人司空图，有一卷《二十四诗品》，迄今仍为文艺学、美学上的经典之作，然是否有人知晓其曾为自己修筑生圹的史话呢？《旧唐书·文苑列传》中写道，司空先生在住地中条山预先做了一座坟墓，如有老友来访，总是在墓穴之中设宴待客，把酒临风，谈诗论道，好不开心，若有朋友面露难色，此君便开导道："达人大观，幽显一致，非止暂游此中。公何不广哉。"幽为死，显即生，生死相通，岂能妄加区分，司马氏如此设宴，实在是得其所哉。

原本在古代文人生活中，写诗撰文自祭，于生建圹自娱，不过是一些细节小事，但，他们面对死亡时的旷达与幽默，超然飘逸，对汲汲于利禄者，不啻一副耐之寻味的清醒剂。而正值风华正茂年华的高立，虽没有像古人们那般自祭、建圹，但亦不把人的衰老当作一件悲伤忧郁而无可奈何的事情。他走在熙熙攘攘的大街上，理性看待芸芸众生，时常想起百十年过去，面前活蹦乱跳的生命，终将一个不剩地死去。他热爱生命，善于生活，又能把骑竹马与白头翁联系起来，逆向看到人生谢幕时间的愈来愈近。他的思考近乎消极，但他善待生死，能在不同生活环境中，采用不同的思想来指导、调节自己的生活与价值。"一个人只有理智地盘点人生，才能清醒地认识死亡，把握生命的质量"，也正是因为有这般坦荡的生死辩证法指引自己，他在工作、生活、写作以及情爱、欲望等方面，都能进退自如、游刃有余，轻松地找到了安身立命之处。

此样人生，不仅古代有、现今有，而且中国有，西方的名人们也创造了不少有趣的哲理名言，如古希腊学者伊壁鸠鲁说："死亡不过是感觉的丧失。"政治家丘吉尔说："死亡是当酒吧关门时，我便离去。"生物学家巴甫洛夫更是在临终前还给助手口授生命衰变的感觉，恰好此时，有朋友敲门来探视，他说："对不起，巴甫洛夫很忙，他正在死亡。"如此幽默，如此胸襟，也许高立感受到了，也同样有前辈们非比寻常的乐趣，不然的话，他断然不会以平静的态度善待朋友、享受生活，更不会写出我现在看到的自由文字，如同一把开启思想之门的钥匙。

他是一个有心之人，时刻感受着不同的文化，也不时流露出自己似乎奇人怪语但真实合理的思想。《人生倒计时》虽然篇幅不是很大，但高立思索生命的态度和眼界，让我着实感觉着其文字的魅力。在第一辑"点击时空"中，他谈帝王末日、岳飞的死、李自成之谜，说父亲含冤不屈、母亲改名育儿、自己童年往事，写旅游途中、军营生活、思考人事的感悟，大多耐读，引人遐思，而且时而蹦出几句富于哲理的智慧话语，如在望郎峰，他写道"无情的岩石，有情的传说，承载了人们美好的寄托，为天下有情人，浇注了一个天长地久的楷模"；在沈从文、黄永玉的边城，他看着大街上背着背篓的苗家土家妇女，认为"她们生长在山里，她们把山背在背上，把自己的民族驮在背上。山城的繁荣，是她们从山里背出来的，山里的欢乐，也是她们从山外背进去的"；他眼中、心中的"女兵是老虎，兄弟们见了女兵个个是武松，可我不行，顶多算个店小二，给他们端端酒还行"……一句句悠远淡定的文字，充满了说不尽、数不清的诗意和美感。高立个人化的叙事、抒情与说理，有军人的豪气自然流荡，也有文化人的书卷气酣畅淋漓。

　　高立对有着倒计时的人生思考，是冷静理智的，没有去为花前月下的爱情娓娓唱出甜言蜜语，也没有去大喊夹杂"国家"、"民族"等巨型权力语言的呼声和赞歌。他生活在一个人性被烟尘遮蔽、人情让物欲侵蚀的时代，果敢地为自我人生、个性生命写实。同时，在一个渐无大师的时代，回望一个个即将或已经远去的背影，对前辈高人或时代精英进行特写，组成了高立笔下的"链接星云"——他回忆着丁玲最后一次回故乡的场景，他拜祭了白求恩大夫墓而浮想联翩，他怀有一份虔诚与大陆的金石书画家、农民作家、军营歌唱家及台海两岸的诗人等不期而遇，他想起来唱破红尘的前歌手李娜、当代"刘三姐"黄婉秋不同的人生追求，如此等等，他都是倾力、倾情地观察与描写，写他们相异生活背景下的选择和坚持，写他们倒计时人生中的感悟与不平凡。

　　在《人生倒计时》第三辑"下载心语"中，高立时刻说着心里话，无论是观看文艺晚会、电影、电视剧、山水画，还是读诗、读散文、读史书、读文集，他都能有所感悟，找到有益自身的启示，或多或少，或长或短，简约而幽美，真实而诗意，他认认真真、仔仔细细，形诸并非长篇大论但情趣盎然的语言，充实了自己，也方便他人感受的广阔的现实的、精神的生存空间。即便是对"小姐"、"先生"叫法的斟酌，对名人的龌龊、路见不平一声吼、平常生活工作中不断出现"奖励"的思量，对装饰中出现乐趣和烦恼后的冷处理，他的思考方式，有些与众不同，也有些合情合理，使得自己的生活突破重重迷雾，有了较大的回旋余地。

　　高立散文集《人生倒计时》虽在四年前业已出版，而今读其中生动、晓畅的思想文字，仍觉有着强烈的时代意义，不难发现，其面对邪恶，总是倾注全力予以文化层次上的批判，而对不能忘却的和永远怀念的，更是不惜笔墨，这些可能在四年、四十年之后，应也有其存在的价值。如此选题行文，我不清楚他是否同时受了儒释道熏染，但我感受到的悟性与灵气，与史稗、文赋以及掌故中遗留下来的三教思想，有着一定的渊源。儒家"穷则独善其身，达则兼善天下"，道家"逍遥适意"与道教"铸造天梯"，佛门"磨砖成镜"修心炼意，都能在他的思维中找到一丝半许的影子。只是能嬉笑怒骂也能纵情潇洒的高立，较之于古人们，多了灵活、自由的担当精神与普世心胸。

　　人生短暂，长路艰难，如何走好虽然弯曲但不乏味的人生路，高立在琢磨人生倒计时的同时，内心处、骨子里和魂灵上，潜在地隐藏了用才于世、造乐于民的强烈意识。他的人生采用倒计时，以此作为催促自己、警示自己的"铁公鸡"，及时报晓，不时惊醒，使之无法眷恋柔情被窝或温馨梦乡。能有此等忧乐情怀，不因外界诱惑而目迷五色，催发自己的文化张力与人生激情，做着有价值、有理想又能开心的事情，切合自身或大众的心理，而这些有言的文字、无言的思想，不仅仅能使人明智，更可以为人清心。

《人生倒计时》2004年8月青海人民出版社出版

（向敬之，作家、文艺评论家）

用诗歌为生命"筑巢"

——读高立诗集《岁序飞歌》

◎ 张文刚

　　媒体人高立先生近日将其新作《岁序飞歌》惠赐于我，我仔细拜读了其间的每一篇作品。这是一部诗集，用诗体形式描画和感悟人生，贯注着一种诗意的想象和智思；同时亦可视之为一部散文集，因为所有文字都是对人生历程的真切勾勒和概括，在散淡之中给人以行云流水舒卷自如的感觉。这是一部有特色有分量的作品。我以为该书的特色可概括为"三性"，即构思的新颖性、内容的丰富性和表达的哲理性。

　　古往今来描写和感叹人生的诗文不计其数，但在一部作品中，用诗体形式把人生百年的时光串联起来进行诗意烛照和智性思考尚未见之。基于此，《岁序飞歌》以新颖的构思和立意将赢得读者的喜爱。阴阳代序，岁月轮转，每个人的生命都是一首按照时序演进的"诗歌"，大雅或大俗，大美或大悲，都是生命主体依照自身的心性、性格以及环境和机缘生成的。这中间可能有"败笔"，但不能有"缺笔"，一旦阙如，就是生命的止息。《岁序飞歌》从0岁记叙到100岁，在自然时序的展开中还原出人生历程的种种情状，也寄寓着作者一种美好的期待。古诗云"生年不满百，常怀千岁忧"、"人寿非金石，年命安可期"，作者将视野延展到人生的百岁光景，实则含有对生命本质的思考。此其一。

其二，人生的路有如登山，一级一级台阶都得亲力亲为，盘旋而上，而又蜿蜒而下，直至停歇在最后一级台阶；这类似诗歌的排列，一行一行都颇费斟酌，甚至饱含心血，直到炼字成句、结句成篇。人之路，如诗之旅，诗歌在形式上也在节律上构成对生命的象征。人的少儿期、青年期、中年期和老年期所面对和经历的种种，恰似诗歌的起承转合。《岁序飞歌》的作者其高妙之处在于，恰切地把握了人生每个阶段乃至每个年轮的生命精髓和心灵状态，用诗歌的方式也是用生命体验和感悟的方式演绎了生命的完整过程。

其三，从更深层来看，这种构思体现了作者对诗兴、诗意和诗品的一种向往与追寻。尽管人生旅途会经历种种，会容涵万象，但作者还是希冀从千头万绪中抽绎出一种诗意的存在和境界。荷尔德林在其诗歌中写道："人充满劳绩，/但还诗意地栖居在这片大地上。"海德格尔在阐释"诗意栖居"时强调"筑居"与"栖居"之不同，认为"筑居"只不过是人为了生存于世而奔波操劳，而"栖居"是以神性的尺度规范自身，以神性的光芒映射精神的永恒。《岁序飞歌》用"诗歌"为生命"筑巢"，本身就是在寻求一种"栖居"方式，亦即寻求一种"神性"或"诗性"的存在与光芒，其深意自不待言。

人的生命是一部"大书"，一部"百科全书"，其生命性和社会性、当下性和历史性、个别性和共同性、偶然性和必然性、感性和理性，等等，囊括其中。要用一部诗集表现人的丰富性或曰多维的、立体的人生，并非易事。《岁序飞歌》以人的生命为轴线，剥茧抽丝，既打开人的内心世界、情感世界的版图，精雕细琢，又接通社会的、时代的、历史的画幅，开合有致，描绘出斑斓的人生图景和社会世相，呈现出较为丰富的思想内涵。

首先，对生命本身的审视和咏叹，使作品获得一种鲜活的气息和超越性的力量。德国哲学家齐美尔曾使用两个命题来说明生命："生命比生命更多"和"生命超越生命"，意指生命是一个生生不息的创造过程，而且有超越生命自身的能力，从而使生命得到"增加"和"提高"。《岁序飞歌》描写了生命的诞生、成长直至衰老、死亡，这中间有童真，有创造，也有"落地皆兄弟"的慨叹；有希望，有失意，也有"柳暗花明"的喜悦；有激励，有温馨，也有"背叛人道"的陷阱；有真情，有珍惜，也有"心灵的鬼魅和暗影"。而用笔、用情最多的还是对"生命"的真实触摸，在自然时序中展开对生命的存在和衰朽、过程和结局以及相伴随的期待和失落、快乐和痛苦、迷茫和惶恐等种种情状和情绪的描写。这些必然带给人一种内心的感触、感动和感悟，从而激发出珍惜生命、热爱生命、强大生命、丰富生命的情怀，从而不仅使生命得到"增加"，更得到"提高"。

其次，将生命置于社会和时代五光十色的图谱中展示，使作品获得了更为开阔的视野和现代感。生命哲学的代表人物狄尔泰认为，把物质和精神紧密联系起来的东西就是生命，一切社会生活现象都是"生命"的客观化，只有生命才是哲学研究的对象。作为"社会的人"，一切"社会生活现象"都会投映到人的生命中去，如何尊重他人的生命和人格，如何处理爱情、友情和亲情，如何担当责任和道义，如何面对功名利禄和酒色财气，如何经受现代文明和科技的考验，如何做一个"内心纯净"和具有"思想质量"的人，这是摆在每个人面前的问题。对此，《岁序飞歌》做了富有理性的描写和回答。

再次，在对人生和社会的考量与探照中富含批判性，使作品具有一种坚实的质地。审视、拷问和批判是文学或者说文字达到某种深度、走向深刻的一种眼光和胸襟，更是一种心灵丰盈、人格健硕的体现。《岁序飞歌》的作者，在对"纯真"和"理想"的守望中有着清醒的头脑和眼光，也有着冷静解剖的手法和文字功力。人生的软弱、游移、困惑以及内心的挣扎和苦闷，人有所期待而又不甘沉沦、不愿同流合污的矛盾心理，人背负的关于金钱、名利的欲望重荷，人世间的虚伪、欺诈、权术等种种现象，都被作者在对生命的叩问中得到了审视，从而揭示了心灵的丰富性和完整性，也还原了社会生活的复杂性和多元性。

作为诗歌，在其本质意义上当然是抒情，而《岁序飞歌》相对于抒情来说，似乎更偏重于说理，呈现出一种理性色彩，一种哲理底蕴。这种"说理"既体现在一种理性思辨上，也体现在一种叙述风格上。作者能够辨证地看待生命以及倒映在生命河流中的社会生活现象，不刻意提纯，也不有意掩饰或变形，把最真实的心灵诉求以及对生命和生活的理解展示在读者面前。形之于文字，有一种从容优游的风度，一副冷静乃至峻峭的面相。

当然这是另一种"抒情"，一种摒弃了浮浅、甘甜而臻于深刻、隽永的抒情。作品的"说理"，还体现在那些镶嵌在作品中的值得玩味和品读的带有哲理韵味的"妙语"和"锦句"。比方说，有关于看待自己和别人的："缩小自己，小到自己微不足道。/善待别人，善到别人恩将仇报"；有关于人的心灵和生命的："慈悲、大度是平安的堡垒，善良、感恩是健康的积累"；有关于地位和人格尊严的："在人之上，要把人当人；/在人之下，要把自己当人"；有关于爱情和婚姻的："很多人在婚姻中，不是为自己活着，/而是为亲人活着"；等等。这些诗句，深化了诗歌的内涵，亮化了生命的色彩，也活化了读者的想象。

在说理或哲理性的表达上，显示出作者的沉稳、通达和睿智，有时有一种"看透"甚至"看破"人生世相后的超脱与飘逸。这是人生历练之后的经验总结，也是心灵图式建构中的一种理想预期。

《岁序飞歌》2012年6月中国文联出版社出版

（张文刚，湖南文理学院教授、《武陵学刊》执行主编）

后　记

这本书整理出版了，我甩了甩膀子，仿佛放飞了一片心中的云彩。

朋友说，《脚踩云天》这个书名，好似腾云驾雾。我不是神仙，我也当不了神仙。之所以来这么个名字，是因为书里面有一篇有关西藏的文章，标题就是《脚踩云天》。那年我去西藏采访，一下飞机，只见山头云朵全都踩在我的脚下。站在地球顶端，直面天庭，四周空旷无边。世界屋脊之上，似乎随时都会踏云飘走。瞬间，我也有过一丝孙悟空的感觉，但马上收敛了一个跟头翻腾十万八千里的张狂念头。

生如高天，活似流云。我觉得《脚踩云天》比较符合我的一些涂鸦意图。给灵魂插上翅膀，沐浴阳光，刚柔收放，可以摆脱很多束缚，人会活得很轻松；一个人只有站在精神的高处，才会超脱尘俗；雾里看花终隔一层，水中望月毫无收获；抬头壮志凌云，俯视气吞山河，哪怕是一只蚂蚁，那也是高天流云上的蚂蚁，一样有英雄本色。我们成不了天兵天将，改变不了什么江山颜色，就让我们的情窦当一回天马，去想象的时空里独往独来吧。

人走过了一些岁月，就会看到不同季节的很多奇异景致。这10年是我见证世事起伏，人妖颠倒比较多的10年。在我身边，我看到过参天大树一夜倒地，树棵上的鸟呀，蝶啊，虫啊什么的，眨眼跑得无影无踪；我看清了树顶有多少鸟窝，树底有多少根结，捣毁树的白蚁多么贪婪；知道了人情也可像树一样，随风摆动，一旦连根拔起，枝叶扫地，那就人也没了，情也没了，什么鸟也飞了。我见到过亿万富翁一夜之间鸡飞蛋打，成为"月光"族手下的囚徒；也见到过穷得死皮赖脸，低三下四的人翻云覆雨，转身变为阔佬，香车美女，招摇过市；当然，板凳爬上墙，灯草打破锅的事情还有很多。比如在台上干了坏事的官瘪，下台后被仇家指着鼻子当众痛骂，羞辱得只差跳楼；老得掉渣的婆姨没有了风韵，硬要和年轻女子秀嫩。头发掉完了买点猪鬃顶替，胸部塌陷了塞两个气球，身姿萎缩了高跟鞋里塞上砖头，谁提离退休啊，养老金呀她就火冒三丈，吓得精神科医生飞跑大遁；当然，还有嫖客去抓嫖，大V博主谈淡泊名利，贪官给我们讲清正廉洁……

总之，林林总总，小丑如过江之鲫，小人登大雅之堂，颠三倒四，大喜大悲的剧情太多了。我能健康快乐地逍遥到今天，还能脚踩云天，清醒地目睹大丑小丑，英雄美人轮番登场，真是太感谢上帝了。我的感悟是：水低成海，让灵魂跟上自己的脚步，大海终究会腾升到云天。清醒，不要到了屠宰场还以为到了KTV；宽容，路径狭窄处，留一步让人走；自重，当不了人杰，又不甘沦为人渣，那就把自己的奢望低到尘埃里去；刚直，不管什么王，尊严不让，正义不让，称王，就任其去亡。

　　这本书收录了我近10年随意写的一些文化碎片，往后还写不写很难说。我薄看文人，又亲近文字，写作纯粹是为了消遣、解脱。时间像削萝卜似的，刀口太锋利，萝卜太脆嫩，人的年岁几下就会削完。在字里行间游山玩水只是一种活法，交朋友吃香肉，逛山川洗心肺，打麻将斗地主我更喜欢。时不待我，走起，雄起……

　　这些年，我一直对陕西老班长成显贵、四川出版友人潘洁、湖北诗友谷未黄、湖南同事陈爱喜、河南漫画家周克商、新疆驴友陈华、西藏医疗专家贡布、甘肃师姐毕琴、山东师弟边中元、北京战友冯虹云等心存感激，借此机会向他们道谢！

　　李发模先生是中国诗坛的重磅炸弹，是我多年崇敬的诗人和朋友，欣然为这本书写序，给我点赞，我感恩不尽，当铭记在心！

高　立

2016年1月18日